GERALD SCHMICKL
ZWEITER DURCHGANG

Gerald Schmickl

Zweiter Durchgang

Roman

Deuticke

1

Kurz nach dem Halbzeitpfiff des Schiedsrichters läutete das Handy. »Null zu null«, brüllte ich, ohne überhaupt nachzufragen, wer dran sei. Ich war mir sicher, dass die Redaktion wissen wollte, wie das Cup-Semifinale stand. Aber es war niemand aus der Redaktion, sondern Esther, meine Frau.

»Hallo Henryk, geht's gerade?«

»Ja, aber schnell, weil ich den Kollegen das Zwischenergebnis von diesem entsetzlich öden Match durchgeben muss. Also, was gibt's?«

»Aus dem Wochenende im Waldviertel wird nichts. Sorry, aber Phil kommt in die Stadt. Und du weißt ja, wie selten er in letzter Zeit da war. Die Gelegenheit darf ich nicht versäumen.«

»Was, ausgerechnet dieses Wochenende«, brüllte ich noch eine Nuance lauter als zuvor, »da habe ich endlich einmal frei und ausgerechnet da musst du zu diesem Fritzen?!«

»Jetzt reg dich nicht gleich wieder auf«, sagte Esther in diesem ruhigen, aber betont rechthaberischen Tonfall, der mich erst recht aufregte, »ins Waldviertel können wir die nächsten Wochen auch noch, aber wenn er schon einmal da ist, kann ich nicht einfach wegfahren. Diesen Kurs gibt er dieses Jahr nur ein einziges Mal. Würde dir übrigens auch nicht schaden, wenn du mitkämst. Vor allem deinem Kreuz täte es gut.«

»Ach ja, mit dir ist es ein Kreuz, nicht mit meinem Rücken, aber mach wie du glaubst. Ich muss jetzt aufhören.«

ER also. Phil. Wieder einmal.

Mit meinem despektierlichen »Fritzen« war ich übrigens so falsch gar nicht gelegen. Denn Phil hieß eigentlich Fritz – Fritz Anders. Er nannte sich allerdings – anders: Phil Aurora. Das klang besser, vollmundiger, strahlender. Darauf fielen mehr herein als auf einen biederen deutschen Namen. Fritz Anders, so hießen Versicherungsvertreter oder Schlagersänger in Ruhe, aber keine Gurus – schon gar nicht aus Amerika. Und Phil kam aus Amerika, war aber gebürtiger Deutscher. Viel mehr wusste ich auch nicht (»phil mahre« hätte ich fast geschrieben, in Erinnerung an den gewitzten Sager eines Kollegen vom Fernsehen, der einst in für ihn überraschender Schlagfertigkeit den Ausfall des ehemaligen amerikanischen Skistars bei einem Riesentorlauf mit den Worten »Viel mehr war für Phil Mahre heute nicht drinnen« kommentierte). Viel mehr hatte mich bisher auch nicht interessiert. Ein Deutscher mit amerikanischem Künstlernamen, der österreichische Frauen aufgeilt. Für mich war die Sache klar. Esther sah das naturgemäß anders. Für sie war der Typ etwas Besonderes: ein Künstler, ein Meister. Sie hatte ein paar Kurse bei ihm gemacht und danach jedes Mal geschwärmt. »Er öffnet mich«, sagte sie mit versonnenem Gesichtsausdruck. Genau das hatte ich befürchtet. Aber sie meinte es natürlich in einem »höheren Sinne«, als meine angeblich »niederen Instinkte« mutmaßten. Er öffne ihre Sinne, ihren

Blick, ihren Horizont – und ihre Energien, was auch immer sie darunter verstand. Von Energien sprach sie in letzter Zeit immer häufiger, immer unpassender, wie ich fand, denn energischer kam sie mir nicht vor, eher ruhiger, schlaffer. »Aber du hast ja keine Ahnung«, brauste sie dann tatsächlich energisch auf, wenn ich diese Diagnose ungefragt äußerte. »Keine Ahnung von Energien, von feinstofflichen Phänomenen. Ein typisches Zeichen von Unterenergie, diese Ignoranz. Wahrscheinlich ist dein Lebermeridian aus der Balance.«

Diese Diagnose fand nun wieder ich höchst unpassend. »Lass meine Leber aus dem Spiel, der geht's prächtig«, log ich.

»Ich rede ja gar nicht von deiner Leber, von der ich gar nicht wissen will, wie's ihr geht bei der vielen Sauferei, sondern von dem Lebermeridian. Das ist ein wichtiger Unterschied. Das ist die Energiebahn, nicht das Organ, und die hat ganz andere Funktionen und Aufgaben. Aber wozu erzähle ich dir das überhaupt, du willst es sowieso nicht wissen.«

Damit hatte sie wiederum Recht. Was meine Leber anbelangte, wollte ich es wirklich nicht allzu genau wissen. Die Energie, die ich ihr vielleicht tatsächlich zu oft zumutete, verlief in meinem Verständnis jedenfalls in geordneten Bahnen: vom Mund durch den Magen ins Blut, in den Kopf – und dann irgendwie in die Leber. Was da »aus der Balance« geraten sein sollte, außer meinem Gang bisweilen, blieb mir ein Rätsel. So wie auch zunehmend meine Frau, die sich immer öfter in solch dunkler Rede verlor, seit sie in die Fänge dieses Deutschamerikaners geraten war. Und für dieses kommende Wochenende, das wir eigentlich gemeinsam in einem alten renovierten Bauernhaus von Freunden verbringen wollten, drohte die Gefahr also von neuem. Vielleicht sollte ich mir den Burschen doch einmal ansehen.

Ein Pfiff und ein Läuten schreckten mich gleichzeitig aus meinen Gedanken. Nun war es wirklich die Redaktion – und die zweite Spielhälfte hatte auch gerade begonnen.

2

Ich hatte ihn mir anders vorgestellt. Größer, kräftiger, jünger, imposanter. Er sah mehr wie ein Fritz Anders aus, weniger wie ein Phil Aurora. Etwas über fünfzig Jahre alt, relativ klein, schmal gebaut, blonde Haare, die ins Grau drängten, ein dünnes Bärtchen, erstaunlich große Ohren – und stechend blaue Augen. Seine Stimme war tief und sein Tonfall unverkennbar deutsch; keine Spur eines amerikanisierten Idioms, das Deutschsprechenden oft etwas seltsam Wiederkäuendes, manchmal fast Mundstarres verleiht. Seine Rede war klar wie sein Blick, mit dem er die Runde reihum betrachtete, die sich an diesem frühlingshaften Samstagvormittag in einem Hotelsaal in einem Vorort Wiens eingefunden hatte. Rund 25 Menschen, fast lauter Frauen, wie ich erwartet hatte. Gerade noch zwei Männer waren dabei, ein langer mit unkoordinierten Bewegungen, und ein älterer mit schmalem, sichelförmigem Haarkranz und beleidigter Miene. Sonst Frauen in allen Altersstufen und Haarschattierungen, eine mit knallorange gefärbtem Pagenkopf. In Trainingsanzügen und schlabbrigen Jogginghosen saßen sie erwartungsfroh da. Ich hatte mich in mein bestes Stück geworfen, ein weißgelbes Tennisblouson, das mir ein ehemaliger österreichischer Meister und mehrfacher Turniersieger nach einem schmeichelhaften Porträt geschenkt hatte.

Sein Name stand groß auf der Rückseite der Jacke, sodass mich prompt ein paar Unwissende mit diesem Namen ansprachen, was ich unwidersprochen geschehen ließ. Nur Esther griff sofort korrigierend ein und erzählte von meinem angeblichen Besitzerstolz. Ich kam mir lächerlich deplatziert vor, nicht nur wegen der Jacke. Was tat ich hier? Gut, nun hatte ich den Kerl gesehen, der mich beim Begrüßungshandschlag gleich durchdringend musterte (Esther empfing er mit Küsschen links und rechts auf die Wange), eigentlich reichte mir das bereits. Der süßliche Geruch, den eine Duftlampe in der Mitte des schmucklosen Raumes verströmte, benebelte schon nach wenigen Minuten meinen Geist. Esther, die meine aufsteigende Unruhe bemerkte, legte die Hand beruhigend auf meinen Oberschenkel. Ich war zwar neugierig gewesen auf Herrn Aurora, ließ Esther die Tage zuvor aber nichts davon merken. Ich wollte zur Teilnahme an dem Seminar überredet werden. Aber meine Frau war dazu wenig geneigt. »Wenn er dich interessiert, geh einfach mit«, hatte sie beiläufig gemeint, »dann hören deine Verdächtigungen wenigstens auf. Und deinem Kreuz würde es, wie schon gesagt, auch gut tun. Phil fällt sicher ein, was man gegen die ständigen Schmerzen tun kann, außer Tabletten schlucken.«

Ich machte eine abschätzige Handbewegung, eine Spur zu theatralisch und heftig, sodass die Bewegung gleich einen Stich im Rücken auslöste. In diesem Bereich war ich tatsächlich empfindlich geworden. Mein angeborenes Hohlkreuz hatte sich, wie mir schien, mit den Jahren noch verstärkt, sodass ich mir – vor allem nach langen Stunden vor dem Computer – verkrümmt vorkam.

Konsultationen eines Sportmediziners hatten nicht viel gebracht, außer ein paar Infusionen, die den Bereich aber auch nicht beweglicher machten. Wenn die Schmerzen zu stark wurden, was neuerdings oft der Fall war, vor allem nach Nächten in allzu weichen Betten, wie ich sie auf zahlreichen Dienstreisen vorfand, nahm ich bedenkenlos Tabletten, die mich zumindest für einige Stunden schmerzfrei hielten. An meiner »Fragezeichen«-Haltung änderten freilich auch sie nichts.

»Ja, vielleicht zaubert er mich gerade, dein Zampano«, sagte ich.

»So einfach wird das nicht gehen«, erwiderte Esther, »du wirst schon selbst etwas dafür tun müssen, nur halt das Richtige – und das wird Phil eher erkennen als deine gescheiten Sportdoktoren, die an Bewegung nur mechanisch interessiert sind, aber nicht an ihrer inneren Tiefe und Bedeutung.«

So hatte ich mich also scheinbar mürrisch ergeben, Esther an diesem Wochenende zu begleiten. Sie nahm meinen Entschluss weitgehend regungslos zur Kenntnis. Hier vor Ort war sie nun viel einfühlsamer, tätschelte nicht nur meinen Oberschenkel, sondern griff sogar kurz nach meiner Hand, eine Geste, die schon lange nicht mehr vorgekommen war. Keine Frage, hier hatte sie mich in der Hand.

Phil war nicht alleine zu diesem Kurs gekommen, den er – wie ich fand – etwas großspurig »The Art of Movement« nannte, »Die Kunst der inneren und äußeren Bewegung«. Eine Assistentin begleitete ihn: Saskia. Tatsächlich hieß sie Sieglinde; so wagte sie aber niemand anzusprechen. Ich konnte es mir nicht verkneifen, Esther zuzuraunen, dass der in Ostösterreich hauptsächlich für eine Kartoffelsorte gebräuchliche Name der Dame mit der fülligen Nase gar nicht schlecht anstand, was mir einen Ellbogenstoß in die Rippen eintrug. Saskia war um einiges jünger als Phil, Mitte dreißig vielleicht, ebenfalls Deutsche und organisierte seine Kurse in Europa. Gleich am Eingang hatte sie uns die Teilnahmegebühr abgeknöpft (eine unverschämt hohe Summe, wie ich fand), Esther lächelnd begrüßt, mir hingegen nur kurz und korrekt zugenickt: »Ach, der Gatte.« Ja, der Gatte, ach. Den wenigen Buchstaben lag eine mir verborgene Information zu Grunde, das witterte ich sofort, keine besonders freundliche.

Ja, man könne in den Kurs noch problemlos einsteigen, auch wenn das bereits der dritte Teil sei, wandte sich Saskia nach unserer knappen Begrüßung sogleich einer Frau hinter uns zu, die – mit den Geldscheinen ungeduldig winkend – Zweifel betreffs ihrer eigenen Qualifikation geäußert hatte. »Jeder Kurs ist in sich abgeschlossen.«

Für mich sollte es sowieso eine einmalige Angelegenheit bleiben. Wenn mir der Kerl auf die Nerven ging, würde ich, das hatte ich Esther zuvor schon angedroht, bereits nach einem Tag wieder abhauen. »Jaja, wie du glaubst, jetzt warte aber erst mal ab«, zeigte sie sich wenig beeindruckt.

Nachdem sich Phil all jenen, die ihn noch nicht kannten, kurz vorgestellt hatte, bat er uns, nun kurz jeweils das Gleiche zu tun: Name, Beruf und warum wir hier seien. Das verschlug mir buchstäblich die Sprache, denn ich kam blöderweise gleich als Erster dran – und stockte. Esther wiederholte ihre Massage meines Rippenfells, weniger fest diesmal, dafür nachdrücklicher. »Na komm, mach schon!«

Also spuckte ich meine Daten aus: »Ich heiße Henryk Sieber, bin Sportjournalist und mit meiner Frau da, die meinte, Sie« – und da blickte ich Phil direkt in seine blauen Augen – »könnten mir eventuell bei meinen Rückenproblemen helfen.« Bei Letzterem beugte ich mich ein wenig im Sitz nach vorne und deutete mit der Hand auf den lädierten Bereich.

»Schön, willkommen Henryk, das ›Sie‹ lassen wir gleich einmal weg«, sagte Phil, »mit dem ›du‹ tun wir uns in diesem Rahmen leichter.« Bei Nennung meiner Profession, so bildete ich mir ein, sahen die meisten Frauen mitleidig zu Esther hin. Ach, die Arme. Die Arme zog sich aber wesentlich eleganter aus der Affäre und gab die positiven Erfahrungen aus ihren ersten Begegnungen mit des Meisters Kursen als Grund ihres Hierseins an. Sie sagte wirklich Meister! Und der solcherart feierlich Angesprochene grinste von einem großen Ohr zum anderen. Die Frauen – diverse Hannelores, Danielas, Silkes und gleich drei Andreas – waren allesamt kaum bis gar nicht schreckhaft, als es ums Vorstellen und Äußern der Teilnahmemotivation ging. Lauter ehrenhafte Anliegen: Antriebsschwäche, Operationen, Depressionen oder auch nur allgemeines Interesse oder schlicht Phils Buch (ebenfalls »The Art of Movement« betitelt, bereits in dritter Auflage auf Deutsch), das manche neugierig gemacht hatte. Nur die Männer – Alfons und Rudolf – waren kaum in der Lage, sich klar zu artikulieren. Der Lange, Alfons, auch er in ehelicher Begleitung, war Techniker und nach langer Krankheit (das sagte einfühlsamerweise seine Frau, auch sie hatte das Händchen am Schenkel des Angetrauten) in seiner Beweglichkeit, vor allem jener der Beine, eingeschränkt. Wie schon bei den meisten anderen zuvor flüsterte Phil seiner Assistentin, die mit einer aufgeschlagenen Mappe neben ihm saß, ein paar Bemerkungen zu, während der Mann – oder besser: seine Frau großteils für ihn – sprach. Und Saskia schrieb eifrig mit. Blieb noch Rudolf, der sich gerne als Witzbold präsentieren wollte – oder schrieb ich das nur seinem schwäbischen Dialekt zu, der für mich immer besonders lächerlich klingt? Es gelang ihm sowieso nicht, da seine herabhängenden Mundwinkel so gar nicht zum schlechten Scherz passen wollten, dass nämlich seine Sekretärin ihn, einen Handelsvertreter, für den Kurs angemeldet habe, und er eigentlich gar nicht genau wisse, warum. Und was erwarte er sich dann davon, wollte Phil wissen. »Vielleicht das Rauche abgewehne …«, sagte Rudolf zögerlich, um dann vorwitzig zu werden: »Wann gibt's denn die erste Rauchpause?«

Phil fand die Frage weniger komisch: »Also, guter Mann, mit dieser Einstellung kommst du hier nicht weit, Rauchpausen gibt es natürlich keine. Wenn sich jemand unbedingt schädigen muss, soll er das am Abend tun – oder in der Mittagspause. Und bitte draußen. Ich bin übrigens gerne bereit, über das Problem Rauchen zu referieren, wenn es gewünscht wird. Ich kann zeigen, welche Energiesysteme alle mit einer einzigen Zigarette blockiert werden, welche Verwirrung das bisschen Nikotin und die tausend anderen Inhaltsstoffe in Körper und Geist bringen. Noch weitere Fragen?«

Obwohl er beim letzten Satz wieder lächelte, war es mit dieser rüden Zurechtweisung doch spürbar kälter im Raum geworden. Hätte ich noch geraucht, hätte ich nun gerne demonstrativ ein Päckchen Zigaretten herausgeholt und mich deklariert. Aber ich hatte nur Kaugummis einstecken – und wer weiß, was er gegen die einzuwenden gehabt hätte. Auch individuelle Klopausen gab es keine. In unserem Alter müssten wir unsere Blasen und Schließmuskeln so weit unter Kontrolle haben, dass wir uns das dementsprechend einteilen, meinte Phil streng. Das sei keine Schikane, sondern jede Gruppe baue eine gemeinsame Energie auf – und die breche zusammen, wenn einer plötzlich den Raum verlasse. Noch Fragen?

Ja, kam es zögerlich von Alfons. Phil rede dauernd von Energie, aber er als Techniker habe da eine bestimmte Vorstellung – und er deutete mit seiner abgenommenen Brille zur Steckdose an der Wand –, die sich damit nicht vertrage. Phil klatschte in die Hände: »Wunderbar, mit diesem Thema kann ich nun wie vorgehabt beginnen.« Und dann prasselte sein Vortrag auf uns herab. Phil war spürbar in seinem Element. Ich bekam seine Thesen nur peripher mit, was aber mehr an meiner beschränkten Aufnahmefähigkeit lag als am Referenten, der durchaus klar und nachvollziehbar argumentierte, bestechend klar, wie ich zugeben musste. Selten zuvor hatte ich jemanden mit derart fugenloser Diktion gehört: ohne Zögern, ohne Ahhs, Ohhs und Hmms, wie sie so viele Vorträge durchächzen, lauter kurze, druckfertige Sätze.

Womit belehrte uns der Meister? Er führte mit großen, raumgreifenden Armbewegungen aus, dass Energie eine Art Überbegriff für Lebenskraft sei, für eine universelle Kraft. Das, was die Chinesen Chi nennen, die Japaner Ki, die Inder Prana und Wilhelm Reich Orgon. Und dass es diese Lebenskraft elementar zu verstehen gelte, in ihren Abläufen, Funktionskreisen und Gesetzen. Die alten Kulturen, vor allem die der Chinesen und Inder, hätten dazu viel mehr beigetragen als die modernen Wissenschaften, die zwar Teilphänomene detailiert erklären könnten, aber nicht die tieferen Zusammenhänge verstünden, die nicht direkt greifbar und somit beobachtbar wären. Die müsse man modellhaft beschreiben. Und so weiter und so fort. Meine Energie ließ allmählich nach und meine Blase drückte schon empfindlich gegen die (zu enge) Hose. Also rutschte ich unruhig hin und her, was Esther mit einem strengen Blick quittierte. Sie schrieb jedes Wort mit. Eigentlich hätte sie das alles ja schon einmal gehört haben müssen, fand ich, behielt es aber für mich. Ich lauschte mehr dem Rhythmus der Sätze als ihrem Inhalt, der mir in jeder Hinsicht weit hergeholt schien. Alte Chinesen, alte Inder – was sollte ich damit? Ich wollte weder Philosoph noch Fakir werden (mit meinem Hohlkreuz hätte ich mich ruhig aufs Nagelbett legen können, es wären kaum Einstiche zu befürchten gewesen). Die Energie, die ich brauchte, holte ich mir nicht aus Asien, sondern aus der Dose. Zwei Schluck von diesem picksüßen Getränk, mit dem ein findiger Österreicher weltweit Millionen scheffelt, und schon war ich voller Energy. Als hätte er meine wenig konstruktiven Gedanken gelesen, dozierte Phil gerade über die falschen Vorstellungen, die vor allem im Westen über Energie kursierten. »Da glauben doch glatt welche, sie könnten ihre Energien mit Kaffee, Zigaretten oder sonstigen Drogen positiv beeinflussen. Genau das Gegenteil ist der Fall, denn das ist von außen induzierte Überenergie, die dem Körper Lebenskraft kostet, nicht bringt. Alles Raubbau. Darüber sind wir hier erhaben.«

Ich duckte mich bei dieser gewagten Generalisierung instinktiv. Ich war darüber keineswegs erhaben, eher unten durch. Nach einem Kaffee war mir schon längst, aber so wie es aussah, war auch der hier verpönt. Esther trank schon seit Monaten keinen mehr. Nun wusste ich, wieso. Und was Bewegung angehe, so Phil weiter, so glaubten wir in unserer sportversessenen Zeit, dass nur äußere Beweglichkeit etwas mit Gesundheit zu tun habe. Er brauchte mich gar nicht extra anzusehen, denn nicht einmal ich glaubte das, als ständiger Beobachter und Begleiter einer Sportszene, die ihren Bewegungs- und Wettkampfkreislauf oft nur mittels Doping aufrecht erhalten kann. »Wichtiger sind die inneren Bewegungen, die internen Energiekreisläufe. Sie zu klären, zu ordnen und zu synchronisieren, ist das Wesentliche. Und diese Energien wollen wir hier neu erwecken und zum Fließen bringen.«

Ich wollte längst etwas anderes zum Fließen bringen – und durfte das nun nach dem Einleitungsvortrag endlich mit offizieller Erlaubnis. Mit meinen letzten Energien trat ich aus.

3

Nach der Pause wurde der Kurs bewegend, durchaus in einem äußeren Sinne. Denn auch innere Bewegungen, so erklärte uns Phil (nun selbst ganz proper in einem blauweißen Trainingsanzug), müssten durch körperliche Übungen initiiert werden, nur eben durch die richtigen. Zur Demonstration kreiste er mit den Armen rückwärts. »Wenn man es in die andere Richtung macht, also nach vorne« – und auch das zeigte er vor –, »schaltet man damit den Lungenmeridian ab, entzieht ihm Energie und schwächt damit die Atmung, statt sie zu stärken. Seht euch nur um, wie viele Sportler das verkehrt machen.« Damit hatte er Recht. Fast alle Fußballer, die ich kenne, kreisen beim Aufwärmen mit den Armen nach vorne.

So wurde der späte Vormittag zu einer Turnstunde umfunktioniert. Unter nun hauptsächlich Saskias Anleitung mussten wir die seltsamsten Verrenkungen machen. Mit dem Becken eine Acht nachzeichnen (ich brachte gerade mal eine Eins zuwege), Achter auch mit den Händen durch die Lüfte ziehen. Manch sanfte, wellenartige Bewegung war dabei und allerlei Bodenübungen: etwa mit dem Becken dem Zeiger einer Uhr, deren Ziffernblatt man sich fiktiv unter der Körpermitte vorzustellen hatte, nachfahren. Ich fuhr von sechs Uhr direkt nach Punkt Zwölf. Manche absolvierten diese Übungen in demonstrativer, fast provokanter Routine (Esther natürlich!), wobei Phil uns Anfänger dahin gehend beruhigte, dass es bei den Bewegungen nicht auf Schönheit und Eleganz ankäme, sondern auf individuelles Bemühen. Jeder solle tun, so gut er halt könne. Betonung allerdings auf »jeder«, denn die beiden Herren hatten sich bisher vornehm zurückgehalten, mehr zugesehen als mitgemacht.

Bei diesem Programm handelte es sich, wie zuerst Phil dozierte und Esther mir hinterher genauer erklärte, um eine Mixtur bewährter Übungsfolgen verschiedener Richtungen: Kinesiologie (nicht schon wieder China, dachte ich sofort, als ich es hörte, der korrekten, nämlich griechischen Wortherkunft dieser »Bewegungslehre« nicht gewahr), Feldenkrais (das wiederum klang mir eher militärisch, nach Kreisen im Feld, bezog sich aber auf einen israelischen Physiker, der Bewegungsabläufe systematisch und penibel studiert hatte), hawaiisches Huna (nein, kein Hulahula) und Qui-Gong (also doch China!). Für mich klang eines wie das andere, exotischer Zierrat, zusammengetragen von überall her, internationale Verschwörungen gegen meine Ungelenkigkeit. Ich fühlte mich auch keineswegs besser danach, eher im Gegenteil. Aber auch das sollte angeblich sein Gutes haben, wie Phil erläuterte: »Am Anfang ist es immer schwierig. Muskel- und Energiesysteme, die lange abgeschaltet waren, machen sich zu Beginn unangenehm, ja mitunter schmerzhaft bemerkbar – die so genannte Erstverschlechterung, wie bei der Homöopathie.«

Das Gerede vom Ein- und Ausschalten ging mir allmählich auf die Nerven. Wenn es so einfach ging, dann sollten sie mir doch endlich den Kippschalter verraten, mit dem man alles ein- und ausknipsen konnte, anstatt mich da blöde herumhampeln zu lassen. Aber ich sagte nichts, meine Miene drückte wohl nur zu genau aus, was ich von dem Spektakel hielt. Aber damit nicht genug. Am Nachmittag knöpfte sich Phil jeden von uns einzeln vor. »Erhebung des Energiestatus« hieß das obskure Verfahren. Nicht, dass er dazu irgendein Messgerät benötigte, nein, er saugte sich die angeblichen Informationen buchstäblich aus den Fingern, die er uns an bestimmten Körperstellen auflegte (Scheitel, Rücken, Nabel). Und dabei flüsterte er Saskia Zahlenkombinationen zu, die sie wiederum dienstbeflissen notierte. Ich ließ den Hokuspokus widerstandslos über mich ergehen. 60/100, 20/100 und 30/100 stand auf meinem energetischen Steckbrief. Immerhin war Phil nach der weitgehend wortlos durchgeführten Prozedur bereit, mir die Sache zu erklären: »Tja, Henryk, du bleibst energetisch ziemlich unter deinen Möglichkeiten. Im Kopf ist noch am meisten Energie«, – das waren die 60 von 100 irgendwelchen Lufteinheiten – »aber im Rücken, also deiner primären Problemzone, und im Nabelbereich, dem Hauptenergiespeicher, ist nicht viel los. Und von allen Meridianen ist der Lebermeridian am meisten aus dem Lot. Der hängt richtig durch.«

Sprach's gelassen – und sah mich herausfordernd blauäugig an.

»Und was heißt das? Was soll ich nun tun?«, fragte ich etwas verzagt.

»Das heißt, dass du ein bisschen turnen musst, um nicht frühzeitig massiv abzubauen, energetisch und körperlich. Ich schlage Folgendes vor …« Und so fasste ich ein Rezept in Form eines Übungsprogrammes aus, das ich mehrmals am Tag praktizieren sollte. Darin enthalten waren kuriose Dinge wie eine »Wirbelsäulenatmung«. Meinen fragenden Blick beantwortete Saskia mit einer kleinen praktischen Demonstration. Nein, man brauche dafür keine Nase am Rücken, lachte sie, sondern nur schlicht diese Bewegung machen. Und sie vollführte eine Art vertikale Klappbewegung, mit Armen, Kopf und Becken zuerst nach hinten (beim Einatmen) und dann nach vorne (beim Ausatmen). Nett anzusehen, aber für mich kaum nachvollziehbar. Mein Hohlkreuz widersetzte sich dieser Bewegung. Daher legten beide, Phil und Saskia, Hand an mich, um mich an die ungewohnte Haltung durch sanfte, aber beharrliche Anleitung und Führung zu gewöhnen. Ich brauchte einige Versuche, um das Ganze in ordentlicher Abfolge hinzubekommen. Irgendwas blieb immer unberücksichtigt, kam nicht mit, einmal die Arme, dann der Kopf oder das Becken. Das ist wie beim Autofahren zu Beginn, da tut man sich auch schwer mit der Koordination aller Dinge: Lenkrad, Gas, Bremse, Kupplung, Schaltung, Rückspiegel …

»Gewöhne dich an kleine Bewegungen, ganz kleine Stimuli, kaum spürbar, dann bekommst du mehr Gefühl in diesem Bereich«, sagte Phil und klopfte mir mit der Faust auf die unteren Wirbeln. Auch einige Balanceübungen empfahl er mir sowie eine entwickelte Vorstellungskraft. »Tritt mit deinem Rücken in Kommunikation, in einen inneren Dialog. Lächle ihm zu, nimm Kontakt mit ihm auf.«

Ich getraute mich nicht zu sagen, wie ich bisher mit meiner Rückseite verkehrt hatte. Ich hatte sie bevorzugt mit Ausdrücken bedacht, die ursprünglich einer weiter unten gelegenen Körperregion galten.

»Du wirst sehen, es funktioniert. Unsere Vorstellungsgabe kann Wunder wirken.«

»So lange es keine blauen sind«, sagte ich.

»Nein, grün ist die Farbe der Hoffnung«, erwiderte Phil, »und grün solltest du überhaupt öfters imaginieren. Leite in deiner Vorstellung grünes Licht in die Lendenwirbel. Das tut ihnen gut – und deinem Lebermeridian auch.«

»Gut, grünes Licht, volle Fahrt voraus«, sagte ich – und das, so fanden wir alle drei, war ein passendes Schlusswort.

Esther konnte sich, als ich zu unserem Platz zurückkehrte, vor Neugier kaum halten. »Was war?«

»Ich atme jetzt mit der Wirbelsäule, spreche artig mit meinem Rücken und schaue durch die grüne Brille«, fasste ich mein Bulletin konzise zusammen.

»Und was ist mit dem Lebermeridian?«

»Ach, der schnurrt hervorragend.«

Sie sah mich skeptisch an.

»Also gut, er braucht ein bisschen Nachhilfe.«

»Dachte ich mir doch. Bei mir ist der Blasenmeridian aus der Balance. Phil meint, die sexuelle Energie wäre gehemmt.«

»Das kann er ruhig laut sagen«, sagte ich laut. Tatsächlich hatten wir schon seit Monaten nicht mehr miteinander geschlafen.

»Psst«, versuchte Esther mein auftrumpfendes Crescendo zu dämpfen. Aber ich war schon in Fahrt, mehr im roten denn im grünen Bereich.

»Was hat der mit deiner Sexualität zu schaffen? Kennt er sich da aus, hat er sie probiert?«

»Jetzt hör schon auf mit diesem Blödsinn«, zischte sie und packte mich am Arm, um mich in den Sitz zurück zu ziehen, aus dem ich aufgesprungen war. Einige Frauen starrten schon zu uns herüber. »Du hast wieder einmal keine Ahnung. Sexuelle Energie«, und sie sprach nun wirklich sehr sehr leise und beugte sich zu meinem Ohr, »hat mit jener Sexualität, die du meinst, fast gar nichts zu tun. Sie ist viel mehr unsere generelle Kreativkraft, unser Wasserelement.«

»Und das ist bei dir vertrocknet?«

»So arg ist es nicht, aber ich brauche ein bisschen Bewässerung. Phil hat mir eine paar praktische Tipps gegeben.«

»Vielleicht kann ich auch einige Tropfen beisteuern.«

»Aber sicher, Liebling.«. Sie streichelte mir die Wange und drückte mir einen Kuss darauf.

Dann ließ sie mich sitzen.

4

Ich fuhr nicht verfrüht ab. Denn am Abend war alles anders. Wir hatten in dem Hotelrestaurant zu Abend gegessen (früh und etwas Leichtes, wie uns Phil empfohlen hatte). Ich tat unschlüssig, ob ich bleiben sollte, hatte mich aber bereits dazu entschlossen. Ich ließ Esther noch ein bisschen zappeln, was aber wieder nicht funktionierte. Sie stocherte in ihrem Kartoffelauflauf herum, sah auf mein Schnitzel und dann langsam zu mir hoch: »Könntest du bitte einmal wissen, was du willst. Wenn du hier bleiben willst, dann sag ja, wenn nicht, dann halt nein. Ich kann mit beidem leben, aber nur schwer mit dieser Unschlüssigkeit. Mir wäre natürlich lieber, du bleibst, aber es ist ganz deine Sache. Was wäre übrigens der Grund, nicht hier zu bleiben?!«

»Ich hätte viel zu tun, ein Haufen Arbeit liegt zu Hause. Und meine Diagnose habe ich ja bereits erhalten.«

»Wenn du schon einmal ein Wochenende frei hast, was selten genug vorkommt, kann doch die Arbeit kein Grund sein. Schieb sie doch nicht dauernd vor. Morgen kannst du hier deine Übungen gleich unter Anleitung praktizieren. Allein zu Hause machst du sie sowieso nicht – und übermorgen hast du sie wahrscheinlich schon wieder vergessen.«

Ich tat empört, gab mich aber nun auch dem äußeren Anschein nach geschlagen – und blieb. Esther stand nach dem Essen sofort auf (kein Dessert, denn auch Süßspeisen waren von Phil auf den Index gesetzt worden), wollte noch ein paar »Verdauungsübungen« in frischer Luft machen und anschließend früh zu Bett gehen. Mir war weder nach dem einen noch nach dem anderen, also blieb ich bei einem Bier sitzen und schlenderte später hinüber zur Hotelbar, einer typischen Tränke mit Holztheke, im Boden festgeschraubten Barhockern und den kopfüber hängenden Flaschen an der Wand, der üblichen Spirituosenbatterie. Zwei Frauen aus dem Kurs saßen auf den Hockern (eine in einer Art Türkensitz) und nippten an Mineralwasser und Tomatensaft. Ich grüßte, winkte sogar idiotisch mit der Hand (manche Gesten machen sich einfach selbstständig, werden von einem anderen Steuerungszentrum als dem bewussten Willen gelenkt, setzte mich aber auf die andere Seite der halbrunden Theke. Mir war nicht nach Kommunikation, schon gar nicht nach einem etwaigen Austausch von Kurs- oder Übungserfahrungen à la »Welcher Meridian ist bei dir in Imbalance?« oder »Warst du schon bei dem Meister oder diesem Guru?«

Nein, das brauchte ich jetzt nicht. Ich bestellte mir noch ein Bier und starrte ins Glas, als wollte ich den Schaum wegmeditieren. Da kam plötzlich Phil herein. Auch er winkte den beiden Damen zu, mit einer eleganteren Bewegung, mehr Nonchalance, mehr Pep, setzte sich aber überraschend neben mich und klopfte mir freundschaftlich auf die Schulter: »No, Sportreporter, alles in Ordnung?«

Ich wusste gar nicht, was darauf sagen. Also nuschelte ich ein »Alles bestens« in seine Richtung und zog dabei das Bierglas zu mir, als könnte ich es derart besser verbergen, wie ein beim Rauchen erwischter Schulbub, der die Zigarette hinten in der Hand versteckt hält, nicht merkend, wie es links und rechts hervorqualmt. Aber auch Phil bestellte »ein großes Blondes«, wie er unverkennbar germanisch orderte. »Is doch was Herrliches, so ein Bier, gar nichts dagegen zu sagen«, sagte er und schlürfte den überhängenden Schaum von der Glastulpe. Dann beugte er sich näher zu mir, bis zu meinem Gesicht fast, und hielt sich die Hand vor den Mund (auch eine Schülergeste, dachte ich). »Was die da drüben säuft«, flüsterte er und deutete mit der einen Augenbraue auf das rote Glas vis-a-vis, »ist nicht runterzubringen. Ein Chemiecocktail mit Tomatenessenz.« Und er kicherte zu dieser Bemerkung. »Lieber einen anständigen Whisky, als solch ein Gesöff. Whisky ist übrigens energetisch sehr zu empfehlen.« Mittlerweile hatte er die Hand wieder heruntergenommen und sah mich mit seinen blauen Augen direkt an. Ich wusste nicht, wollte er mich mit der Whisky-These auf den Arm nehmen ...

»Ja, wirklich«, insistierte er auf dem soeben Gesagten, »es muss halt ein gescheiter Whisky sein, nicht so ein billiger Fusel, wie sie ihn hier haben«, und er deutete auf die traurig herabhängende Flaschengalerie, »ein richtiger Single Malt, wie ihn die Schotten und Iren kultivieren. Nicht so ein amerikanisches Zeug, denn die können bekanntlich gar nichts, die Amis. Das weiß ich nach nunmehr fast zwanzig Jahren drüben nur zu genau. Vielleicht magst du nachher noch mit auf mein Zimmer kommen, ich hab immer ein paar nette Fläschchen dabei.«

Diese plötzliche Amikalität setzte mir mehr zu als der bereits genossene (und noch in Aussicht gestellte) Alkohol. Phil merkte meine diesbezügliche Starre. »Schau mal, Henryk, ich weiß natürlich von deiner Skepsis – mir und meiner Lehre gegenüber«, sagte er in fast begütigendem Tonfall. Hatte Esther wahrscheinlich geplaudert. Als hätte Phil meinen Gedanken gerade gelesen, sagte er: »Ich weiß das übrigens nicht von deiner Frau, die hat nie was von dir erzählt. So etwas sehe ich, so etwas spüre ich. Auch das hat mit Energie zu tun. Wir glauben immer, Kommunikation bestehe nur aus Worten. Tatsächlich sagen uns Blicke, Mienen, Körperhaltungen und der generelle Ausdruck eines Menschen viel mehr als Worte. Die verschleiern meist nur. Deshalb weiß ich von deiner Ablehnung. Du hast sie nicht verbergen können – und vielleicht auch gar nicht wollen. Aber das macht nichts. Ich habe nichts gegen Skepsis, ganz im Gegenteil: nur durch Widerstand kommt Energie zustande, das ist wie beim elektrischen Strom. Mir sind die Skeptiker die Allerliebsten, denn die gewinne ich am leichtesten und überzeuge ich am nachhaltigsten. Schlimm sind die, die mir völlig unkritisch an den Lippen hängen, alles ungeprüft hinnehmen und nachbeten« – bei diesem Satz war er wieder leiser geworden. Ich sah instinktiv zu den beiden Frauen hinüber. »Nein, die meine ich nicht, die sind okay.«

»Es stimmt schon«, begann ich mich vorsichtig zu rechtfertigen, »dass ich mit gemischten Erwartungen hierher kam. Für mich ist das alles sehr fremd. In der Welt, aus der ich komme, spielen die Dinge, mit denen du dich beschäftigst, keine Rolle. Esther hatte mir einiges erzählt, was ich – das gebe ich schon zu – vorerst nicht so ernst genommen habe, aber sie hat mich immerhin neugierig gemacht. Tja, und nun, nach diesem ersten Tag ...« – und da wusste ich nicht recht weiter. Die volle Wahrheit, dass ich nämlich nach wie vor wenig von der ganzen Sache hielt, getraute ich mir dem nun so jovial nahe Gerückten nicht offen ins Gesicht zu sagen. Er nahm mir diese Last auch sofort und bereitwillig ab.

»Du brauchst dich jetzt keineswegs zu äußern oder zu einer Einschätzung zwingen, schon gar nicht zu einer positiven. Ich sage immer: Probiert die Dinge, die ich euch rate, eine Zeit lang aus – und dann seht selbst: Wenn es was bringt, gut; wenn nicht, vergesst das Zeugs wieder. Ich bin Praktiker, es muss etwas nützen, sonst hilft die beste und überzeugendste Theorie nichts. Ich muss nicht immer Recht haben.«

Das sagte er freilich zu kokett, als dass ich es ihm geglaubt hätte. Leute seines Schlages wollen immer Recht haben. Mit dieser Einschätzung behielt zumindest ich immer Recht.

»Wir sind mit Urteilen viel zu schnell zur Hand«, fuhr er fort, »jeder hat sofort über alles eine Meinung. Aber das sind schwache Positionen, flott hingesagte Beliebigkeiten, ohne jeglichen Bestand, Ausdruck von Neigungen, nicht von Erkenntnissen. Der Weise, so heißt es bei den Chinesen, fasst sich in einen Sinn, bevor er spricht. Oder er schweigt.«

Diese Weisheit beherzigte ich sogleich. Was hätte ich auch sagen sollen, nachdem er mir mit seinen letzten Ausführungen gar keine Chance zu einer Widerrede gelassen hatte. Mögliche Einwände waren raffiniert vorweg entkräftet, indem er sie zu mentalen Schnellschüssen degradierte, zu unqualifizierten Bemerkungen. Natürlich hatte ich keine Erkenntnisse, kein Wissen dagegen aufzubieten. Also schwieg ich.

»Genug philosophiert. Kommst du auf mein Angebot zurück?«, fragte er und rutschte seitlich vom Barhocker. Ich wusste nicht mehr, welches er meinte, und sagte sicherheitshalber: »Ja, ich werde es eine Zeit lang probieren.«

»Wunderbar, aber das hatte ich jetzt gar nicht gemeint. Ich wollte wissen, ob du mit aufs Zimmer kommst, meine Energy-Drinks verkosten. Da gestatte ich auch schnelle Zustimmung.« Um eine solche war ich diesmal nicht verlegen. Wir gingen also auf sein Zimmer, wo einige Whiskyflaschen auf dem Tisch ein Spalier bildeten. »Habe ich immer dabei, 'ne Art Notration«, sagte Phil und griff zu einem 18 Jahre alten Glenlivet. Und danach brach das letzte Eis. Zuerst jenes, das Phil, der Minibar entnommen, klackend in die Gläser fallen ließ, danach jenes, das zwischen uns bestanden hatte. Auch wenn mir seine energetische Weltanschauung und sein Belehrungseifer nicht gefielen, so war er doch zumindest ein toller Bursche. Und mit jedem Glas verstärkte sich bei mir der Eindruck, auch wenn andere Eindrücke zugleich schwächer wurden. Er erzählte mir offenherzig von seinem Leben, etwa warum er vor zwanzig Jahren nach Amerika gegangen war. Als gelernter Informatiker war er einem tollen Jobangebot einer Computerfirma nach New York gefolgt. Außerdem waren die meisten körpertherapeutischen Verfahren, die ihn schon von Jugend an interessierten, damals fast nur in Amerika lernbar. »Das war nicht so wie heute, wo dir in Europa an jeder Straßenecke einer ungefragt seine Weisheiten andrehen will. Da war Brachland – keine Chance, was

Vernünftiges gelehrt zu bekommen. Das habe ich mir zuerst auf Reisen durch Asien selbst erarbeitet, direkte Erfahrung ist immer die beste Schule, und danach in Amerika bei einigen der damals aufkeimenden Zentren vertieft. Ich habe sogar noch beim Lowen studiert.«

Der Name sagte mir nichts. Heute weiß ich, es handelte sich um den Begründer der Bioenergetik, Alexander Lowen. Damals dachte ich an einen Eishockeyspieler!

»Zehn Jahre habe ich tagsüber gearbeitet, in verschiedenen Firmen, denn auch im Computergeschäft begann die Zeit der großen Auf- und Zusammenbrüche, und nebenher habe ich Kurse und Ausbildungen absolviert. Ich habe alles sogleich an mir selbst ausprobiert, denn nur was an einem selbst funktioniert, kann man auch an andere weitervermitteln, das war mir schon früh klar. Wie heißt es so treffend bei Laotse: ›Wer andere diszipliniert, hat Macht. Wer sich selbst diszipliniert, hat Weisheit!‹«

»Mit den Schlitzaugen hast du's«, warf ich etwas indezent ein.

»Ja, mit Schlitzaugen – und mit Schlitzohren, so wie dir«, lachte er und klopfte mir neuerlich auf die Schulter. »Nach zehn Jahren hatte ich dann alles beisammen, meine primäre Lehrzeit sozusagen beendet. Ich habe meine eigenen Schlüsse aus all den Erfahrungen gezogen und begonnen, selbst zu experimentieren. So entstanden meine Kurse.«

Sprach's und goss nach. Wollte er meine Standfestigkeit testen? Er vertrug den Hochprozentigen anscheinend ausgezeichnet, denn seine Diktion und Artikulationsfähigkeit waren völlig klar. Ich hingegen versank allmählich in einen seligen Dusel, einen Zustand wohliger Gepolstertheit, in dem man mir alles erzählen kann. Und Phil erzählte mir alles. Meine nur mehr kursorische Wahrnehmung und die besänftigende Wirkung des Alkohols ließen den zuvor aufsteigenden Unmut, dass er eigentlich die ganze Zeit nur von sich selbst sprach und von mir so gar nichts wissen wollte, wieder verdämmern. Sie war mir sogar Recht, diese Egomanie, denn ich hätte in eigener Sache wahrscheinlich sowieso keine zusammenhängenden Sätze mehr über die Lippen gebracht. So bekam ich noch halbwegs mit, wie er von den schwierigen Anfängen seiner Kurstätigkeit in den USA erzählte, nachdem er den Job als Programmierer zwischenzeitlich aufgegeben hatte (»Die beiden Bereiche vertrugen sich einfach nicht mehr. Entweder das eine oder das andere – und ich entschied mich für das andere.«) Da in Amerika die Konkurrenz an ähnlich gearteten Veranstaltungen groß war, wich er nach Europa aus, vor allem in den deutschsprachigen Raum, wo ihm Saskia half, eine tragfähige Struktur aufzubauen – sollte heißen: Sie organisierte die Kurse, er hielt sie. Saskia hatte er in New York kennen gelernt – »und lieben ...« Hatte ich tatsächlich »lieben« gehört? In dem Moment hielt ich das für eine akustische Täuschung, für eine Ausgeburt meiner promillebeflügelten Phantasie. Aber mittlerweile weiß ich, dass er es gesagt hat. Die beiden waren tatsächlich ein Paar, einige Monate lang, zumindest wollte sich Phil an nicht viel mehr erinnern. Danach sei es eine rein berufsbedingte Beziehung gewesen, »aber mit gegenseitigem Respekt.« Jaja, so klingt das immer, wenn Männer das Verhältnis zu ihren abgelegten Liebhaberinnen beschreiben, von deren Tätigkeit als Sekretärin oder Assistentin sie abhängig bleiben. Auch bei einem Meister.

Zu solch einer ausgiebigen gedanklichen Abschweifung war ich damals freilich nicht mehr in der Lage. Ich hatte genug damit zu kämpfen, mitzubekommen, was Phil sonst noch von sich gab. Er sprach von seiner Vorliebe für Krimis und bestimmte Comics, Lucky Luke zum Beispiel. Den äffte er sogar geschickt nach, indem er so tat, als reite er (die Bewegung hätte ich so nicht mehr hingekriegt, bei mir hätte es mehr nach Rodeo im letzten Stadium ausgesehen): den Oberkörper hielt er dabei betont aufrecht, ja steif, die Unterlippe, auf welcher bei Lucky Luke die obligatorische Zigarette klebt, ließ er übertrieben hängen.

»Und erst die vier Daltons«, überschlug sich seine Stimme nun schon vor Heiterkeit. Er stellte das verbrecherische Brüderquartett mit vier Flaschen dar, drei Whiskys und einem Mineralwasser, was zwar von der Zahl her eindeutig stimmte, aber in der Größenordnung nicht hinkam, denn die Daltons sind ja gestaffelt wie die Orgelpfeifen, vom Kleinsten bis zum Längsten, dem ewigen Blödmann Everell. Den imitierte Phil mit einem gekonnt schwachsinnigen Gesichtsausdruck: er schielte und stülpte die Vorderzähne über die eingezogene Unterlippe, sodass auch ich nun lauthals loswieherte, was wahrscheinlich auch nicht viel intelligenter aussah. So verloren wir uns mehr und mehr in ausgelassenen Kindereien. Wenn das angewandte Energetik sein sollte, dann bitte mehr davon. Darüber hatte Esther nie gesprochen (vermutlich hatte sie diese Seite ihres Meisters auch nie gesehen), denn dann wäre es ein Leichtes gewesen, mich früher zu einer Kursbegleitung zu überreden. Esther, ach ja, zu der musste ich in dieser Nacht auch noch zurückfinden. Die einfache Zimmernummer (11) erleichterte mir das Vorhaben. Als ich leise und vorsichtig die Türe öffnete, stöhnte Esther demonstrativ auf. Nachdem ich zu ihr ins Doppelbett stieg, drehte sie sich sofort auf die andere Seite. Ich glaube, ich murmelte noch etwas von »sexueller Energie«, über die ich freilich in diesem Zustand am allerwenigsten verfügte.

5

Wir führten keine glückliche Ehe. Kennen gelernt hatten wir uns an der Uni, wo wir beide Kunstgeschichte studierten. Wir saßen in der Einführungsvorlesung nebeneinander, in einem dieser hässlichen Bunker ohne Fenster, mit künstlichem Licht und steil aufsteigenden Sitzreihen. Da ich kein regelmäßiger Besucher dieser Vorlesung war, half mir Esther mit ihren Mitschriften aus – in säuberlich-gestochener Schrift. Es ist mir bis heute ein Rätsel, wie man in solcher Schnelligkeit derart schön und lesbar schreiben kann: keine hingefetzten Stichworte, sondern ausformulierte Sätze, mit kalligrafischer Präzision aufs Papier gesetzt. Wenn ich meine Notizbücher dagegen ansehe, tritt mir ein buchstäbliches Schlachtfeld entgegen: Satzfetzen, kleine Krakeleien, kaum ein ausgeschriebenes Wort. Schriftkundige Psychologen hätten wohl ihre Freude daran ...

Ich war von Anfang an mit wenig Begeisterung bei der Sache. Nach meinem Militärdienst wollte ich nicht gleich zu arbeiten beginnen – und hätte sowieso nicht gewusst, was. Besondere Neigungen und Talente waren in den ersten zwanzig Lebensjahren an mir nicht hervorgetreten. Und für irgendeinen Bank- oder Versicherungsjob war ich mir selbst zu schade. Da ich schon als

Kind gerne bei Großeltern, Onkeln und Tanten (zu Hause hatten wir so etwas nicht) in Bildbänden berühmter Maler geschmökert hatte (mit einer vorpubertären Verschossenheit in Rubens'sche Modelle), gedachte ich diesen frühzeitigen Anflug von Interesse nun akademisch zu verfestigen, sozusagen eine höhere Art des Bilderlschauens zu kultivieren. Da es aber mit dem Betrachten von Kunstwerken alleine nicht getan war und man deren Geschichte und Interpretation doch systematischer und mit spezifischem Wissen betreiben musste, erlahmte meine Lust recht bald wieder. So schleppte ich mich mit Mühe zwei Jahre lang zu einigen Vorlesungen und Seminaren, brachte es aber in all der Zeit auf nicht mehr als drei Zeugnisse. Und selbst die hätte ich ohne Esthers Hilfe und Unterstützung nicht geschafft (das Referat in diesem einen Seminar hielten wir gemeinsam – auf Basis einer von ihr erarbeiteten Hohlbein-Interpretation).

Esther studierte mit Hingabe und voller Eifer. Es war auch ihr angestammtes Fach – im ganz wörtlichen Sinne, denn sie entstammte einer Galeristenfamilie. Nach der Matura hatte sie auf Wunsch des Vaters auch sogleich in der Galerie zu arbeiten begonnen. Nach zwei Jahren wollte sie ihre praktischen Kenntnisse aber doch theoretisch untermauern und mit einem akademischen Titel veredeln – und begann zu studieren. Mit solch einer Motivation lässt sich wahrscheinlich leichter zügig vorankommen. Und Esther kam zügig voran, absolvierte das Studium in der vorgeschriebenen Mindestdauer von acht Semestern, um danach, sehr zum Groll ihres Vaters (eines ziemlichen Wüterichs), doch nicht mehr in die Galerie zurückzukehren (eines Tages falle sie ihr als Einzelkind sowieso wieder zu, meinte sie kühl, es sei denn, der alte Herr drehe testamentarisch noch ein wildes Ding), sondern das Angebot eines großen Museums anzunehmen, wo sie eine grafische Sammlung mit aufbauen half und bis heute leitet.

An mir dürfte ihr damals vor allem die Unbeschwertheit gefallen haben, mit der ich einfach alles auf mich zukommen ließ. (So auch sie). Das war eine Lebenseinstellung, mit der sie bis dahin nicht konfrontiert worden war. Nicht dass sie Gefahr lief, davon angesteckt zu werden, dagegen schien sie dank ihres Ehrgeizes immun, aber sie genoss das Aroma des Nichtstuns und heiteren Durchhängens, das mich in dieser Zeit umgab. Meist verliebt man sich ja in jene Eigenschaften, die einem selbst fremd sind – oder die man sich versagt. Viel mehr als diese frivole Vergeudung von Lebenszeit hatte ich auch nicht zu bieten.

Mir gefiel wiederum ihr Durchhaltevermögen, der spielerische Ernst, mit dem sie an alles heranging. Vor allem an mich. Sie betrachtete auch mich wie ein Kunstwerk, obwohl ich mir selbst eher wie eine Fälschung vorkam, mehr ein spätromantisches Abziehbild denn ein heutiger junger Wilder. Aber die offene Sympathie, mit der sie meinen damaligen verschlagenen Annäherungsversuchen begegnete, machten mich sehr gewogen, mich ihr ganz hinzugeben (was ich bis dahin so ausschließlich, quasi exklusiv, nie getan hatte. Da hatte ich meist an mehreren Stellen erotisch etwas köcheln ...). Meine Hingabe bestand freilich in erster Linie darin, bei ihr einzuziehen, denn sie hatte eine nette kleine Wohnung, während ich damals noch bei meinen Eltern wohnte, sehr zum Leidwesen meines Vaters, einem eingewanderten polnischen Schuster, den mein ausgepräger Hang zur Faulheit nicht zuletzt auf Grund seiner eigenen, lebtags bewiesenen Emsigkeit halb in den Wahnsinn trieb. Aber meine Mutter, eine Wienerin, deckte und verdeckte meine Antriebslosigkeit so gut es ging und steckte mir immer was zu, sodass ich finanziell halbwegs über die Runden kam. Trotzdem war ich gezwungen, mir einen Job zusätzlich zu suchen (»zusätzlich« ist gut, weil »studieren« konnte man mein gelegentliches universitäres Auftauchen nun wirklich nicht nennen). Außerdem war mir daran gelegen, Esther bei der Wohnungsmiete zu unterstützen, wenn ich schon sonst wenig Handfestes zum gedeihlichen Zusammenwohnen beitrug.

Da ein Schulfreund bei einer Zeitung untergekommen war, fragte ich einfach bei ihm an, ob nicht irgendwo in der Redaktion noch ein Plätzchen frei sei. Und es war tatsächlich eine Stelle für einen freien Mitarbeiter vakant. Zwar nicht, was auf Grund meiner »Ausbildung«, nahe gelegen wäre, im Kulturressort (dort hatten sie schon einen verbummelten Kunststudenten), sondern in der Lokalredaktion, dem im Insiderjargon der Zeitungsmenschen so genannten »Blutdezernat«. Der Name bestand schon zu Recht – und tut es für diese Art von Journalismus bis heute, denn einige Liter Blut kommen meist schon zusammen, die im ganzen Land (und darüber hinaus) von Reportern, Vampiren gleich, aufgesogen und in Form von skandalisierten Transfusionen ans gierige Publikum weiter gereicht werden. Ich wurde also Vampir. Man bekommt schnell einen spezifischen Geruchssinn, keine feine, sondern eine grobe Nase für Unglück und seine bevorzugten Erscheinungsorte. Deshalb finden sich dort Reporter oft schneller ein als jene, auf deren flottes Erscheinen es wirklich ankäme, also Rettung, Feuerwehr oder Mordkommission.

Da dieser anlassbedingte Journalismus (obwohl eigentlich nicht vorauszusehen, passiert doch tagtäglich das journalistisch kalkulierte Unwahrscheinliche – wie etwa die statistisch vorausberechenbaren Todesopfer im Feiertagsverkehr) als eine Art Grundschule in Zeitungen gilt, das möglichst punktgenaue Erfassen der großen W (Wer, Wann, Wo, Warum), durchlaufen fast alle Journalisten dieses Ressort. Und danach sehen die Zeitungen im Allgemeinen aus. Auch wenn sie später über Politik, Wirtschaft oder Kultur schreiben, können die wenigsten Journalisten diese frühe lokale Prägung ablegen, sie haftet ihrem Blick, ihrem Stil und ihren Fragen unverkennbar an, weshalb sich meist jegliches Weltgeschehen wie ein Unfallbericht liest.

So schlug ich in täglicher Kleinarbeit (denn das Gelegentliche wurde rasch zum Regelmäßigen) mein Kapital aus dem ephemeren Bösen, das sich da und dort in der Umgebung zutrug, denn jeder Bericht – und auch jedes Foto – wurden nach der Drucklegung honoriert. Solcherart brüht man rasch ab, denn lästige Skrupel führen zum Verdienstentgang. Man fackelt dann nicht lange, wenn es darum geht, ein Opfer auch noch zu demütigen. Ich erinnere mich, mit einigem Schrecken und Ekel nunmehr, an eine Familie, deren eine Hälfte, nämlich Vater und Sohn, nach dem Verzehr giftiger Pilze ums Leben gekommen war. Als es darum ging, Näheres zu erfahren und Bilder der Opfer zu bekommen, spazierten wir ungeniert zu den Hinterbliebenen, Mutter und Tochter, um sie um Fotos anzuschnorren. Als die beiden, in ihrer Trauer gefangen und unfähig, uns mitsamt unseres obszönen Ansinnens sofort hinauszuwerfen, vielmehr in die Wohnung baten, aber sofort in Weinkrämpfe ausbrachen, als wir ihre Dahingegangen nur erwähnten, fotografierten wir kühl lächelnd und aus der Hüfte heraus die Bilder an den Wänden ab (wo auf einem Foto der Mann, ein scheinbar passionierter, aber wenig kenntnisreicher Schwammerlsucher, mit einem gewaltigen Pilz in Händen in einer Waldlichtung stand). Zu solchen Schweinereien wird man fähig – und merkt nicht einmal, dass es welche sind.

Esther freilich blieb meine diesbezügliche Verrohung nicht verborgen, obwohl ich ihr gar nicht viel vom Redaktionsleben erzählte. Blicke genügten. Mir wiederum genügte ihr Anblick, der mich sogleich meine tagsüber verübten journalistischen Untaten vergessen ließ und milde stimmte. Sie war eine wunderschöne Frau, mit dichtem, langem, schwarzem Haar und vollen Lippen. Der leichte ansatzweise Damenbart, wie er bei Dunkelhaarigen oft vorkommt, erhöhte für mich sogar noch ihren Reiz. Ihr selbst gefiel er weniger. »Ich schaue ja schon aus wie die Frida Kahlo«, meinte sie manchmal missmutig, wenn sie sich im Spiegel betrachtete.

Mein Studium war mittlerweile endgültig begraben, an innerer Auszehrung und mangelnder Aufmerksamkeit verstorben, während das ihre in voller akademischer Pracht erblühte. Sie schrieb an ihrer Diplomarbeit (über die grafische Privatsammlung eines Italieners aus dem 19. Jahrhundert) und verbrachte die meiste Zeit in Bibliotheken und Museen, versank sozusagen in pittoresker Vergangenheit, während ich den Unflätigkeiten des heutigen Lebens hinterher jagte.

Damit unser Leben nicht generell in einer ähnlichen Weise divergierte und auseinander trieb, beschlossen wir in der Mitte unserer Zwanziger zu heiraten. Zwar nicht mit allem Pomp und Trara – eine kirchliche Trauung kam auf Grund beidseitiger Konfessionslosigkeit nicht in Betracht –, aber doch mit gemessenem feierlichen Schritte traten wir vor den Standesbeamten. Ich fühlte mich regelrecht in den Ehestand erhoben, gewissermaßen hinaufversetzt in eine Art Hochsitz des Lebens, von wo alles entrückter und irgendwie lieblicher aussah. Und auch bei Esther, die sich zu einer kompletten Namensänderung nicht entschließen konnte und nun einen Doppelnamen (Stieber-Gattermann) trug, schlug nach allgemeiner Übereinstimmung ihrer Freundinnen die Hochzeit hervorragend an. Sie erstrahlte in einer begehrlichen Zufriedenheit, zu der – zumindest eine Zeit lang – beigetragen zu haben mich bis heute mit Stolz erfüllt.

Doch es blieb nicht lange so. Unsere Situation veränderte sich bald, nachdem ich ein Angebot erhalten und angenommen hatte, von der Lokal- in die Sportredaktion zu wechseln, nicht mehr als freier Mitarbeiter, sondern als nun fest angestellter Redakteur. Ich war zwar nie ein ausgesprochener Sportfanatiker gewesen, kannte mich aber relativ gut in der Szene aus. Als Schüler hatte ich in der Nachwuchsmannschaft eines angesehenen Vereins Fußball gespielt, wo ich dank eines frühen Wachstumsschubes einen durchschlagskräftigen, pfeilschnellen Rechtsaußen abgab. Als mich die Alterskollegen eingeholt hatten und es mit den körperlichen Vorteilen vorbei war, versickerte auch diese anfänglich verheißungsvolle Karriere. Außerdem war der Trainingsaufwand von fünf Einheiten pro Woche – plus einem Bewerbsspiel am Wochenende – neben den schulischen Anforderungen nicht so ohne Weiteres durchzuhalten, sodass ich vom Leistungssportler alsbald zum Hobbykicker mutierte und die Schulmannschaft – mit lediglich einem einzigen wöchentlichen Übungsprogramm – der Vereinstruppe vorzog. Danach hatte ich noch dann und wann Tennis gespielt, aber auch das mit wenig Ambition, da ich die aufwändigen technischen Bewegungsabläufe dieses Sports, wenn man ihn halbwegs richtig betreiben will, nie zur eigenen Zufriedenheit hinbekam. So war ich beim Spiel meist mehr auf mich selbst konzentriert als auf meinen Gegner. Daher ließ ich auch das Tennisspielen bald ganz bleiben. Sportveranstaltungen hatte ich bis dahin zwar selten besucht, aber im Fernsehen – oftmals aus reiner Fadesse – ausgiebig konsumiert, sodass mir Namen und Ergebnisse aus dieser Welt durchaus vertraut waren.

Ich nahm das Angebot also dankbar an, vor allem, weil die fixe Stelle nun das Ende aller finanziellen Sorgen bedeuten sollte. Auch Esther knüpfte an den Wechsel einige Hoffnungen: einerseits würde ich den Niederungen des Blutdezernats entkommen, das doch allmählich auf mich und meine Wesensart abzufärben begann, andererseits ein vielleicht geordneter Alltag in unsere Ehe einkehren. Zum Sport selbst hatte sie freilich keinerlei Bezug, weder übte sie einen aus noch interessierte sie einer. Allenfalls das Schaulaufen bei diversen Eiskunstlaufmeisterschaften sah sie sich gerne an, aber auch das mehr aus Gründen der Ästhetik denn der sportlichen Bewegung oder des Wettbewerbs (der beim Schaulaufen sowieso keine Rolle mehr spielt). Das mit dem geordneten Alltag blieb allerdings Wunschvorstellung, denn es trat, wie sich schnell herausstellte, genau das Gegenteil ein. Ich musste nun oft bis in die späten Nachtstunden Dienste versehen, um abendliche Fußballspiele für die Morgenausgabe der Zeitung aufzubereiten.

Auch mindestens jedes zweite Wochenende war ich im Einsatz, da das sportliche Großgeschehen hauptsächlich an diesen beiden Tagen stattfindet. Dazu kamen vermehrt Dienstreisen. Anfangs schickte mich die Redaktion überallhin, wo die anderen, älteren Kollegen nicht mehr hin wollten, zum Beispiel zu größeren Radrennen. Das ist das Schlimmste für einen Sportreporter. Den ganzen Tag ist man in ein Auto gepfercht und rollt den Pedalrittern hinterher. Jeden Tag ein anderes Quartier (oft in hoch gelegenen, mickrigen Dörfern, wo irgendeine Bergetappe endet, mit schlechten Betten, zugigen Zimmern) – und meist verliert man tagsüber komplett den Überblick über das Renngeschehen, weil man zu weit davon entfernt ist oder – wie mir auch mehrmals passierte – ein endlos geschlossener Bahnschranken einen so lange aufhält, dass man den Zieleinlauf versäumt (was vor allem für den Fotografen, der hinten im Auto jammert und stöhnt, eine Katastrophe ist). Außerdem konnte ich mich für diese Sportart nie wirklich erwärmen. Es ist mir bis heute schleierhaft, was Menschen dazu bringt, sich derart zu quälen. Wenn man diese ausgemergelten Figuren jeden Tag sieht, wie sie sich immer wieder aufs Neue überwinden müssen, um eine steile

Alpenstraße hinaufzutreten, um dann auf der anderen Seite unter immensen Gefahren gen Tal zu rasen (und ich sah auch schon fürchterliche Stürze, mit offenen Wunden), kommt man selbst in eine Sinnkrise – vor allem, wenn man begeisternd darüber schreiben soll. Als sich in meine Berichte ein zunehmend galliger Ton einschlich, entschloss sich der Ressortleiter glücklicherweise, mich von diesen Tort(o)uren abzuziehen. Mir war, als hätte ich selbst den Großglockner strampelnd überwunden, so viel Last fiel ab, als ich von diesem Entschluss erfuhr. Mittlerweile ist nach diversen Dopingfällen, die ich hinter den für mich unmenschlichen Leistungen der meisten Radler stets vermutet hatte, das öffentliche Interesse an diesem Sport derart zurückgegangen, dass die meisten Touren oder Rundfahrten gar nicht mehr journalistisch besetzt werden.

Aber das Schlimmste für unsere Beziehung war wohl die Clique, in die ich hineingeriet. Im Chronikressort war ich weitgehend Einzelgänger gewesen, hatte wenig kollegialen Umgang, trank allenfalls hie und da ein Bier mit dem Schulkollegen, der mir den Job verschafft hatte und das Stadtmagazin der Zeitung leitete. Anders in der Sportredaktion: da regierte und herrschte eine wilde Kampftruppe, der man früher oder später angehören musste, wollte man nicht als Außenseiter gelten, mit deutlich verschlechterten Arbeitsbedingungen. Und diese Truppe, ein reiner Männerbund, hatte ihre fordernden Rituale. So ging es nach dem Dienst, wann immer er auch endete, noch in diverse Lokale. Diese Welt war mir bis dahin weitgehend unbekannt und verborgen geblieben, nun lernte ich sie kennen. Ich begann zu trinken und zu rauchen, was Esther, die beides verachtete, auf Distanz hielt, die zu verringern auch noch so charmantes Verhalten meinerseits (und auch darin begann ich abzufallen) nicht ausreichte. Begrüßungsküsse wurden nur mehr nach strenger Geruchskontrolle und Leibesvisitation verabreicht.

In solch ein lasterhaftes Leben rutscht man leicht hinein. Stress und falsch verstandene Kameraderie, die mehr Gruppengehorsam ist, werden rasch zu beliebten Ausreden vor sich selbst, aber auch anderen gegenüber. Was ist denn schon dabei, rechtfertigt man sich, geht man halt auf ein paar Biere, haut einmal über die Schnur. Man gönnt sich ja sonst nichts. Und schon beginnt sich eine Gewohnheit zu entwickeln. Was soll man auf diesen Reisen auch viel anderes machen, als sich betrinken, nachdem man abends gearbeitet hat, also Berichte von irgendeinem Sportereignis in die Redaktion sendet. Es ist ein kleines, unspektakuläres Elend, das das Leben vieler Sportjournalisten begleitet, ein langsamer, sickernder Verfall. Ganz gegen den Eindruck vieler Menschen, die dahinter den Traumjob vermuten – ein Leben im Lichte der Stars, von einem Event zum nächsten, immer im Zentrum des Geschehens. Das ist aber nur die eine Seite, auch die oft anstrengend genug, die andere ist eine ständige Hetzjagd, von einem Abgabetermin zum nächsten Redaktionsschluss, ein Wechselbad von Zudringlichkeit und Abwehr von Seiten vieler Sportler und Funktionäre, ein dauerhaft erigierter Ton der Begeisterung und der Zustimmung, zu dem man gezwungen ist – tja, und ein allmählicher Verlust einfacher menschlicher Gefühle, Regungen und Tugenden. Alles ist übertrieben, überzogen und hysterisiert. Das klingt zwar klischeehaft, aber es gehört mit zur

Tragikomödie dieses Berufs, dass man den Klischees, die man fabriziert, selbst immer ähnlicher wird.

Natürlich geht das alles nicht ganz so rasant, wie ich es hier beschreibe. Dieser Prozess des Abgleitens braucht seine Zeit. Ich war anfangs sogar recht begeistert, genoss die prickelnde Unruhe und das sirrende Flair, die größere Sportveranstaltungen atmosphärisch umgeben, und das Gefühl, ein professioneller Teil davon zu sein. Auch schreiberisch gab es eine Herausforderung. Nach all den vielen Stehsätzen, die man im Lokaljournalismus zu verwenden gezwungen ist, mutet es fast wie eine Befreiung an, sich in einer neuen Stereotypie einzurichten. Unser Chef hielt zwar nicht viel von Sätzen, die über Subjekt und Prädikat hinausgingen (»Wenn's dichten wollts, schreibts einen Roman, aber keinen Sportbericht«, war sein Stehsatz), ließ uns aber letztlich doch einigen Freiraum. Viel Platz für aufwändigere Satzkonstruktionen blieb sowieso nicht, da das Seitenlayout große Bilder und kleine Texte vorsah. Nachdem aber eine Konkurrenzzeitung mit einer gekünstelten, wie viele Kollegen fanden: halblustigen, Sportberichterstattung erstaunlichen Leserzuspruch erhielt, wurden auch wir vom Chefredakteur angewiesen, unsere Texte ein wenig innovativer zu gestalten, was den einen oder anderen, so auch mich, zu gewagten stilistischen Abenteuern verführte. Es dauerte aber nicht lange, und wir waren wieder auf Linie gebracht und zu einschlägigem Vokabular verurteilt. Trotzdem machte mir der Job Spaß und ich begann mich daran zu gewöhnen, ein Leben im Rhythmus der Sportjahreszeiten zu führen: Herbst- und Frühjahrsrunde im Fußball, Skiweltcup im Winter, Freiluftsaison der Leichtathleten im Sommer, Hallenkick um Weihnachten. Oft hält die Natur bei diesen terminlichen Vorgaben nur bedingt mit – und eine Partnerschaft noch weniger. Komischerweise hielt unsere. Sie verschlechterte sich zu Beginn meiner Tätigkeit rapide, pendelte sich dann aber in einem bequemen getrennten Leben zu zweit über Jahre hinweg ein. Wir wohnten zwar zusammen, sahen uns aber selten. Zu Urlauben ließ ich es gleich gar nicht kommen, da mir unangenehme Situationen vor Augen standen: Esther, die mich im Liegestuhl oder bei einer Bootspartie unausweichlich zur Rede stellt, wie es denn nun weitergehen soll – und ob überhaupt. Das vermied ich vorsorglich durch Urlaubs- und Wochenendabsenz. Wenn aber dann doch einmal unbeabsichtigt ein paar Tage zur freien Verfügung anstanden, verbrachten wir sie gemeinsam mit Freunden (nur nicht alleine, darauf achtete ich penibel) oder getrennt. Esther war diesbezüglich erstaunlich flexibel. Sie tolerierte meine räudige Verkommenheit in einem höheren moralischen Sinne zwar nicht, akzeptierte sie aber als zumindest vorübergehende Gegebenheit und betrachtete sie mit einem Gemisch aus Gleichmut und Abscheu. Wenn sie sich überhaupt mit mir beschäftigte, denn meist ging sie auf Vernisagen, in Konzerte oder zu esoterischen Vorträgen, während ich in Stadien saß, vor dem Fernseher knotzte oder an der Theke hing. Wir drifteten auseinander – und blieben zusammen. Scheidung war vor allem deswegen kein Thema, weil es keiner von uns beiden zu einem machte. Kinder waren einmal eines gewesen; die Realisierung aber missglückt. Wir wissen bis heute nicht, wer daran »schuld« ist. Denn versucht haben wir es, eine Zeit lang sogar ausgiebig, doch der Kindersegen blieb aus.

Damit gaben wir uns dann irgendwann zufrieden – und ließen auch die Versuche allmählich bleiben. Da wir wohl beide im Innersten ahnten, dass es für uns vermutlich ein Glück war, keine gemeinsamen Kinder zu haben, forschten wir den tieferen Ursachen gar nicht weiter nach und mieden daher auch medizinische Auskunft.

Phil hat sich mittlerweile darüber seine eigenen, also vermutlich energetischen Gedanken gemacht, wie er mir in einer vertraulichen Minute andeutete, ohne allerdings wirklich deutlich zu werden, was mir Recht war, denn so genau wollte ich es gar nicht wissen. Phil, der, so lange ich ihn nicht kannte, meine Distanz zu Esther noch vergrößert hatte – er war in meiner Vorstellung geradezu ein Symptom unserer völlig verschiedenen Lebenswelten – brachte uns paradoxerweise wieder ein Stück näher zusammen. Denn nach dem Kurswochenende (dessen zweiten Tag ich übrigens schlimm verkatert begann, aber letztlich tapfer durchstand, weil mich Phil mit zwei Spezialübungen aufmöbelte) begann ich tatsächlich konsequent mit meinem täglichen kleinen Übungsprogramm, was Esther sichtlich erfreute. Und es kam auch meinem angeschlagenen Kreuz zugute, die Wirbelsäulenatmung pumpte anscheinend frischen Sauerstoff in meine lahmen Lenden. Auch das freute Esther – nicht nur, weil sie damit Recht behielt. Nach langer Zeit hatten wir endlich wieder einen Anflug von Gemeinsamkeit, und wenn er auch nur darin bestand, dass jeder für sich seine Übungen turnte. Aber alleine schon damit kam ich ihr symbolisch ein Stück entgegen – aber wirklich nur symbolisch.

6

Lea Vogl war eine Frau mit zwei Gesichtern. Das eine – mit Stupsnäschen, Sommersprossen und lustigen kleinen Falten rund um die Augen – verhieß heitere Unbekümmertheit und sonniges Gemüt. Das entsprach ganz der landläufigen Vorstellung einer flachsblonden Siegerin, einer den Alpen entwachsenen Tochter der Fortuna, Liebling der Götter und des Publikums.

Aber es gab auch ein anderes Gesicht mit einem anderen Ausdruck darin, einer grundlegend anderen Komposition der Elemente. Lea wirkte dann schwermütig, versonnen, abweisend. Innerhalb weniger Momente, oft inmitten eines Siegerinterviews, konnte die Mimik wechseln, sich ein Gesicht vor das andere schieben. Leas Züge wurden dann härter, älter, bitter – und nach unbeschwerten Worten, mit denen sie einen ihrer Erfolge kommentierte (»Wenn's laft, laft's halt«, in breitem Kärntnerisch), mischten sich plötzlich selbstkritische, relativierende Töne in ihre Rede (»Ist doch im Grunde alles völlig egal, es gibt andere Prioritäten im Leben, als Rennen zu gewinnen«, in fast dialektfreiem Hochdeutsch!). Und dann wandte sie sich oft brüsk von den ihr entgegengehaltenen Mikrofonen ab. Die wenigsten Reporter wussten, wie sie mit diesem launischen Wesen umgehen sollten. Interviews mit Lea Vogl waren in der Branche ähnlich gefürchtet wie jene mit dem Fußballtrainer Ernst Happel einst (»Drei Tore san g'falln – den Rest habt's eh selbst g'sehn«) oder mit Ivica Osim nach einem Sturm-Sieg, den der unberechenbar-kaustische Bosnier mit traurigem Dackelblick und unverständlichen Schachtelsätzen in Grund und Boden redete. Lea sprach nie viel, manchmal auch gar nichts. Einmal ließ sie einen TV-Reporter mitten im Interview stehen – ohne ersichtlichen Grund drehte sie sich einfach um und ging weg. Den Medienbetreuern des Skiverbandes war dieses Verhalten natürlich höchst unwillkommen, weshalb sie auch versuchten, Lea kommunikativ zu professionalisieren, also aus ihr eine handzahme, sprechende Puppe zu machen. Aber Lea blieb störrisch. Sie konnte es sich leisten, zumindest so lange sie Erfolge hatte.

Siege und Niederlage wechselten bei ihr ab wie ihre beiden Gesichter, allerdings nicht so abrupt, sondern in zeitlich klar kontinuierlicher Abfolge, scharf von einander getrennt wie Tag und Nacht. Zwei Jahre lang war Lea Vogl Seriensiegerin in den technischen Disziplinen und holte je einmal den Slalom- und den Riesentorlauf-Weltcup. Doch dann war plötzlich Schluss. Von heute auf morgen war es vorbei, denn nach einem zweiten Platz im Eröffnungsslalom der vergangenen Saison riss der Faden und Lea fuhr in den folgenden Rennen nur mehr hinterher. Entweder sie fiel aus, was in den beiden vorangegangenen Saisonen fast nie passiert war, oder sie versagte sonst wie, sodass es oft nicht einmal für Weltcuppunkte reichte. Diesem Absturz war keine Verletzung vorausgegangen, keine Erkrankung, auch kein Materialwechsel oder sonstige veränderte Umstände – es lief einfach nicht mehr.

Vielen meiner Kollegen kam dieses unerklärliche Formtief Leas nicht ungelegen. Mussten sie ihr wenigstens keine Wortspenden mehr abtrotzen – und brauchten es in den Kommentaren auch nicht an hämischen Untertönen fehlen zu lassen. So zitierten sie genüsslich den Cheftrainer der Damen, der Leas ausbleibende Erfolge mit Defiziten im Kraftbereich erklärte. Angeblich habe sie im Herbsttraining largiert und auch im Einzeltraining zu wenig für den Muskelaufbau getan. Seit bei den Männern ein Kraftmonster Zähne fletschend von Sieg zu Sieg hechelte, glaubten plötzlich alle, Kraft sei das entscheidende Kriterium, sogar in den technischen Disziplinen, wo bisher Beweglichkeit und Feingefühl als ausschlaggebende Faktoren gegolten hatten. Lea wurde schon deswegen ein Opfer dieses Paradigmenwechsels, da sie tatsächlich schmal gebaut war und der Vorwurf fehlender Kraft äußerlich evident schien – zumindest jetzt, wo er andauernd behauptet wurde. Die Fernsehkameras zoomten beim Start in stiller, begehrlicher Anklage auf die zierlichen Oberschenkel der Kärntnerin, ganz so, als ob sie mit kräftigeren Beinen automatisch schneller gewesen wäre.

Sie selbst hielt die Sache für aufgelegten Unsinn – und für ein kalkuliertes Gerücht des Cheftrainers, Thomas »Tom« Schwaiger, einem großsprecherischen Feschak, der sie nicht leiden konnte und gegen dessen Antipathie sie bisher nur ihre Erfolge immunisiert hatten. Nun war die Schonzeit vorüber. Schwaiger drohte ihr in aller Öffentlichkeit mit einer Rückversetzung in den Europacup, wenn sie in der kommenden Saison keine vorzeigbaren Ergebnisse aufzuweisen habe. Lea machte – wie in den erfolgreichen Jahren zuvor auch – mal ein heiteres, mal ein finsteres Gesicht und schwieg zu all den Vorwürfen. Zumindest in der Öffentlichkeit. Hinter vorgehaltener Hand mokierte sie sich recht wohl über die ungerechte Behandlung. Zum Beispiel mir gegenüber. »Da fahren andere Mädeln jahrelang hinten nach – und die lässt er ungeschoren. Nur wenn ich einmal einbreche, ist er sofort zur Stelle und fuchtelt mit dem Stinkefinger. Ach, ich kann gar nicht sagen, wie mir dieser Kraftlackel auf die Nerven geht.«

Es verstand sich von selbst, dass ich über solche Aussagen kein Wort veröffentlichte. Ich war einer der wenigen Journalisten, zu denen Lea Vertrauen gefasst hatte. Zu mir war sie kaum je schnippisch oder störrisch, obwohl auch ich ihre beiden Gesichter kannte. Ich wiederum fühlte mich für sie und ihre Karriere in besonderer Weise verantwortlich – vielleicht, weil mit ihrer Erfolgsserie mein Einsatz im Ski-Zirkus begonnen hatte. Leas Absturz schmerzte mich daher persönlich und ich versuchte ihn – ganz im Gegensatz zu vielen Kollegen – durch sanfte, verständnisvolle Berichterstattung abzudämpfen. Es kam nicht selten vor, dass in der Redaktion negativ »nachgebessert« wurde, wenn ich wieder einmal allzu rosig über einen 17. Platz Leas geschrieben hatte oder über einen ihrer zahlreichen Ausfälle mit dem Diminutiv »kleiner Ausrutscher« charmant hinweggegangen war.

Ich hatte mich um den Einsatz als Berichterstatter im Damen-Ski-Weltcup zwar nie gerissen, die Gelegenheit aber doch bereitwillig ergriffen, als ein Kollege verlauten ließ, nach zwanzig Jahren genug von dem »Weiberhaufen« und dem »ständigen Herumzigeunern« zu haben und endlich »aussteigen« zu wollen. Also stieg ich ein.

Auf Grund der im Skisport immer zu erwartenden heimischen Erfolge ist es für fast alle Zeitungen obligatorisch, von den Rennen vor Ort berichten zu lassen. So landete ich im Begleittross des Damen-Weltcups, was von den Anforderungen und Anstrengungen keinerlei Unterschied zu den Männerbewerben bedeutet, denn man ist da wie dort den gesamten Winter im Einsatz und von Ende November bis Mitte März ständig auf Achse. Es ist ein alpiner Wanderzirkus, der diese Monate quer durch die europäische Bergwelt zieht – mit Abstechern nach Amerika, Kanada und Japan –, um seine lokalen Vorstellungen zu geben, von denen wir – Kurieren gleich – Kunde in die Welt tragen sollen. Das ist natürlich ein hoffnungslos überholtes romantisches Bild, denn tatsächlich sind wir nicht mehr als Pausenclowns, mediale Hofnarren. Da heute so gut wie jedes Rennen im Fernsehen übertragen wird, hat jeder Zuseher zu Hause ein besseres Bild als wir vor Ort. Am Bildschirm sind Läufer und Läuferin vom Start bis ins Ziel in Großaufnahme zu beobachten, während wir sie manchmal nur im Zielraum sehen, in einer Wolke aus Schneestaub und kondensierter Atemluft. Meist sitzen wir in einem zugigen oder überheizten Pressezentrum, in umfunktionierten Restaurantsälen und Sporthallen und verfolgen die Rennen ebenfalls auf Bildschirmen. Wenn diese, was auch schon vorgekommen ist, ausfallen, lässt man sich den Rennverlauf von Redaktionskollegen zu Hause am Handy schildern.

Nach dem Rennen stürzen wir wie die Aasgeier auf die Läuferinnen im Ziel. Auch da gibt es klare Hierarchien in der Abfolge, mediale Hackordnungen. Zuerst kommen die Kollegen vom Fernsehen dran, die die

Erstplatzierten vor Kameras und Stellwände mit Werbeaufschriften zerren, damit die Mädchen dort ihren Sponsorenverpflichtungen nachkommen und die diversen Logos auf Anoraks, Mützen und Skiern ins rechte Licht rücken können. Worte sind nebensächlich, Werbesekunden zählen. Da die letzten Jahre zahlreiche Privatsender dazugekommen sind, dauert diese Prozedur dementsprechend lange, da die Läuferinnen von einer Station zur nächsten weitergereicht werden. Dann sind die Radiomenschen dran, die den Sportlerinnen ihre Mikrofontrauben wie überreife Früchte entgegenhalten, damit sie bei einer Frage anbeißen. Und zum Schluss wir, die Pressemeute. Bis sie bei uns angelangt sind, haben die Läuferinnen ihre Statements schon mindestens zehn Mal wiederholt, ihren geglückten oder verpatzten Lauf in dieselben wenigen Worte gekleidet, die immer gleichen Wendungen, fest gefroren wie Eiszapfen. Auf diesem Wege ist für unsereins also nicht viel Nennenswertes zu holen. Man ist auf Exklusivgespräche angewiesen, wenn man wirklich etwas erfahren will. Aber für einen Neuling, wie ich einer war, ist das alles andere als einfach. Es gibt Platzhirschen unter den Reportern, die einen nicht in ihr Revier hineinlassen und glauben, eine Art angestammtes Recht auf Erst- und Exklusivkontakte zu besitzen. Da es heutzutage für einen Zeitungsreporter wenig Sinn macht, einen Rennverlauf zu schildern, den alle live am Fernsehgerät mitverfolgt haben, sind in erster Linie Hintergrundberichte gefragt, eine Mischung aus Insiderinformation und Tratsch. Nur, was tun, wenn es keine Hintergründe gibt in diesem vordergründigen Metier? Dann muss man konstruktivistisch vorgehen, um es einmal hochgestochen auszudrücken – und den garstigen Begriff »erfinden« zu vermeiden.

Aber ein bissel was erfährt man immer. Zum Beispiel von den Serviceleuten, an die ich mich bevorzugt hielt. Im Gegensatz zu Läuferinnen und Trainern stehen sie nie im Rampenlicht, sondern die meiste Zeit in dunklen, nach Wachs und Öl stinkenden Kellern, bekommen das wesentliche Geschehen aber trotzdem hautnah mit. So baute ich mir alsbald einen kleinen Informantenstab aus Servicemännern und Physiotherapeutinnen auf, die uneitel und gesprächsbereit waren. Manchmal gelingt über diese Hintermänner und -frauen auch der Kontakt zu den Läuferinnen. Etwa zu Lea Vogl, an die ich über ihren Ski-Servicemann herankam, mit dem ich mich angefreundet hatte und dem Lea blind vertraute. So hatte ich einen Bonus bei ihr, im Gegensatz zu den allermeisten Kollegen, die sie in beschriebener Weise auflaufen ließ.

Ich hatte in ihrer ersten erfolgreichen Saison, als sie drei Riesentorläufe hintereinander gewann (und das mit ihren zierlichen Oberschenkeln!), ein ausführliches Interview mit ihr geführt, das schließlich eine ganze Druckseite füllte (mit zahlreichen bunten Bildern gesprenkelt). In diesem Gespräch sagte sie offenherzig, dass sie keinerlei Ahnung habe, warum es derzeit so gut laufe – und sie eigentlich auch gar nicht weiter darüber nachdenken wolle. Als ich ein wenig provokant nachfragte, ob Nachdenken etwas Schlechtes sei, eine Art Fluch, der den Erfolg vertreibe, beobachtete ich erstmals die Veränderung ihres Gesichts. Nicht, dass sie böse wurde, auch nicht störrisch oder irritiert – sie wurde vielmehr nachdenklich, und vor das Gesicht der munteren, naiv-unreflektierten Instinktläuferin trat jenes der selbstkritisch strengen Analytikerin. »Ich habe keineswegs etwas gegen's Nachdenken, nur denke ich lieber über für mich wirklich wichtige Dinge nach, seien sie persönlich, familiär oder auch politisch«, diktierte sie mir damals zu meiner nicht geringen Überraschung ins Aufnahmegerät. (Und ihr Kärntner Zungenschlag war in dieser Passage, wie ich beim Abhören immer wieder feststellte, fast unhörbar.) »Man sollte von uns nicht glauben, dass wir nur ans Skifahren denken und sonst nichts mitbekommen. Da fahren wir in Slowenien Rennen – und 200 Kilometer südlich wird geschossen, fahren Panzer auf, flüchten Menschen. Da frage ich mich manchmal schon, ob das, was wir hier tun, überhaupt Sinn macht und moralisch vertretbar ist. Jedenfalls relativiert das für mich die Wichtigkeit von Erfolgen – obwohl ich gerne gewinne ...« Und da lächelte sie wieder und ihr Antlitz heiterte sich auf, streifte die Denkermaske mit all den beschwerlichen Fragen nach Moral und Rechtfertigung ab. Nicht, dass sie ihr nicht stand, wie ich damals fand, aber irgendwas an dem leicht starren Blick und den kantiger werdenden Gesichtszügen störte mich. Immerhin war sie Absolventin eines Skigymnasiums, da waren ihr manch komplexere Gedanken jenseits der Piste schon zuzutrauen, und überdies hatte sie sogar ein Studium der Wirtschaftsinformatik begonnen, das sich aber mit ihren sportlichen Verpflichtungen nicht vereinbaren ließ, sodass sie es nach einem halben Semester schon wieder aufgeben musste. Wir sprachen hier also auch von Studienabbrecher zu Studienabbrecherin. Es war nicht das Einzige, was uns verband. Ich spürte eine durchaus starke Sympathie, als sie da ganz leger in der Kaminstube eines Hotels vor mir saß, in ihrem Trainingsanzug, das eine Bein angewinkelt auf der Sitzbank, das Kinn am Knie und mir nicht das Gefühl gab, eine lästige Pflichterfüllung zu absolvieren. Wir waren außerdem alleine, kein Pressebetreuer dabei, keine dieser offiziellen Gouvernanten, sondern anfänglich nur Fritz, ihr Servicemann, der uns ganz formlos miteinander bekannt gemacht hatte.

Nach dem Interview fragte sie mich, wie lange ich schon dabei sei, wie ich zu dem Beruf gekommen – und ob er nicht anstrengend und aufreibend sei. Auch ob ich Familie habe, wollte sie wissen. »Das kann für eine Beziehung ja nicht gerade förderlich sein, wenn man das halbe Jahr unterwegs ist und sich dazwischen nur selten sieht«, sagte sie und sah mich dabei bedauernd an.

»Ja, das ist nicht einfach«, sagte ich langsam und bedächtig, obwohl es für mich einfach war. Musste ich nicht ständig Esthers vorwurfsvollen Blicken begegnen, konnte ein eigenständiges Leben führen, obwohl ich verheiratet war. Auch darum war mir dieser Job als Skireporter willkommen. Auch Esther hatte sich damit abgefunden. Wir vertrugen uns in der restlichen Zeit besser, auch wenn es oft Tage dauerte, bis man sich nach einigen Wochen zwangsläufiger Trennung wieder zusammenfand. Die ersten Tage nach einer Rückkehr kam ich mir oft wie ein Fremder in der eigenen Wohung vor – und erst recht der eigenen Frau gegenüber. Aber dieses Gefühl war mir mittlerweile schon zur Gewohnheit geworden, gehörte zu unserer Ehe einfach dazu, war ein Teil unserer Verbindung. Es sind ja nicht immer nur die schönen und positiven Dinge, die einen aneinander binden und halten. Hoffentlich fragte mich Lea nicht auch noch, ob mir meine Frau abginge. Derart schamlos hätte ich sie ungern angelogen. Aber stattdessen sagte sie ein wenig verzagt: »Für uns ist es ja noch schwieriger. Neben dem Sport mit all seinen Verpflichtungen lässt sich keine Beziehung aufbauen. Wir haben ja nie Zeit dafür. Kaum ist der Winter vorbei, haben wir schon wieder Aufbaukurse und Sommertraining. Wann soll man da zueinander finden, wann etwas gemeinsam unternehmen? Einige Kolleginnen haben's versucht. Einzig bei der Rosi hat's geklappt, aber auch nur, weil sie ihren Freund schon seit der Volksschule kennt und liebt. Die stehen das durch. Aber sonst hat's keine geschafft, eine frische Liebe hält in diesem Geschäft nicht lange.«

Ich hätte sie jetzt gerne in den Arm genommen und getröstet, schaute aber nur kleinlich beschämt auf meinen Notizblock und schwieg. Auch sie senkte den Blick, nahm das noch immer aufgestellte Bein von der Bank und schüttelte es beim Aufstehen aus. »Na ja, nichts für ungut, dafür werden wir wenigstens von der Nation geliebt. Zumindest so lange wir ihr Ehre machen«, lachte sie und streckte mir die Hand zum Abschiedsgruß hin. Ich bedankte mich artig – und blieb sitzen. Von diesem Zeitpunkt an war ich in Lea Vogl verliebt.

Aber Liebe hat im Ski-Zirkus nicht wirklich was verloren, das war auch mir klar, daher behielt ich diese zarte Regung für mich. Getuschelt wurde sowieso schon genug, da brauchte man den neckischen Gerüchten und Hänseleien nicht durch unbedachte Äußerungen auch noch frische Nahrung geben. »Gefällt dir wohl, die Kleine«, stichelte ein Kollege, als ich

Lea einmal in kleinem Kreis verteidigte. »Aber Blödsinn, ich finde nur, sie wird ungerecht behandelt. Ja, sie ist launisch und manchmal ein bisschen komisch, aber sie ist eine großartige Läuferin – und enorm clever. Und dass sie mit euch nicht spricht, zeugt auch noch von gutem Geschmack.«

Mit diesem Gegenangriff war ich schon fast zu weit gegangen. Es herrscht zwar grundsätzlich ein rauer Ton unter uns Reportern, man muss aber trotzdem höllisch aufpassen, was man sagt. Es herrscht ein labiles Gleichgewicht aus Konkurrenz und Kumpanei. Ein falscher Satz, ein überzogener Witz – und schon rutscht man auf diesem glatten Eis aus und kommt oft den halben Winter nicht mehr auf die Beine. Als Außenseiter hat man es gerade in diesem Gewerbe nicht leicht, denn es bedarf gegenseitiger Unterstützung. Man fährt gemeinsam zu den Rennen, hockt in den gleichen Hotels, in den gleichen Wirtsstuben und Bars und macht den gleichen Job – da ergibt sich zwangsläufig ein Zusammenhalt, wenn auch nur ein fragiler, manchmal künstlicher. Daher ist es im medialen Überlebenskampf einfach klüger, sich mit den Kollegen zu arrangieren, Kooperationen einzugehen, als arrogant auf Einzelkämpfer zu machen und nur allzu bald von den wichtigsten Informationssträngen abgeschnitten zu werden und in einem Kommunikationsloch zu enden. Daher war ich bestrebt, mit diesem Haufen gut auszukommen, auch wenn er mir zeitweilig gehörig auf die Nerven ging. Im Grunde gelang mir das auch passabel, außer wenn es um Lea Vogl ging. Da war ich Außenseiter, nicht zuletzt wegen meines privilegierten Zugangs zu ihr. Auf Grund ihres mitunter eigenwilligen Verhaltens war sie bei den Kollegen unbeliebt, auch trotz oder gerade wegen ihrer Erfolge, denn so kamen sie nicht an ihr vorbei – und mussten manchmal sogar mich befragen, wenn Lea wieder einmal ihr Gesicht gewechselt und das Stupsnäschen auf einer Pressekonferenz frühzeitig abgewandt hatte. Oft war ich genauso uninformiert wie alle anderen, nahm das Manko aber bereitwilliger und verständnisvoller hin. Umso mehr hütete ich mein süßes Geheimnis, manchmal sogar vor mir selbst – und trug es vorsichtig unter dicken Daunenjacken durch mehrere Winter.

Obwohl wir über Damenrennen berichteten, bestand die Schar der Zeitungsreporter ausschließlich aus Männern. Vor einem Jahr war einmal kurzfristig eine junge Reporterin aufgetaucht, vom Blatt mit der angeblich großen Perspektive, war aber durch übertrieben burschikoses Verhalten derart negativ aufgefallen, dass sie nach wenigen Rennen schon wieder von ihrer Redaktion abgezogen wurde. Burschikos waren wir selbst. Weder vorher noch nachher habe ich je wieder eine Frau bei Damenrennen gesehen. So wie sich kaum Männer als Lehrer in Volksschulklassen verirren, finden kaum Frauen zum Sportjournalismus. Was eigentlich schade ist. Und ich bilde mir ein, das nicht nur wegen erotischer Hintergedanken zu bedauern. Eine feminine Schreibweise, falls es eine solche überhaupt geben sollte, täte der Sportberichterstattung gut. Das ist freilich eine Minderheitenposition, wie mir ein Gespräch mit unserem Ressortleiter eindrücklich vermittelte, als ich einmal solche Gedanken laut werden ließ. »Hör mir doch auf mit dem Softy-Gewäsch«, winkte er ab. Und damit war das Thema vom Tisch – und auch die Hoffung, jemals eine Kollegin in der

Sportredaktion begrüßen zu dürfen. »Fehlte mir gerade noch, so eine Sport-Tussy. Die macht mir den ganzen Haufen verrückt. Hab' eh schon genug mit euren Weibergeschichten am Hals. Dann sind's ja gar nicht mehr zu halten, reine Testosteronbomben. Und wir können hier bald Windeln wechseln statt Seiten produzieren. Nein, Frau kommt mir keine in die Bude – zumindest nicht, solange ich hier das Sagen habe.« Und er hatte es noch eine Weile.

Natürlich knistert es auch latent erotisch, wenn Rennläuferinnen mit männlichen Reportern jeden Winter durch die Lande ziehen. Aber es ist eine Art ungeschriebenes Gesetz, dass es zu keiner Entladung kommt. Auf beiden Seiten. Ein junger Kollege hat diesen Kodex einmal durchbrochen und sich was mit einer norwegischen Abfahrerin angefangen. Das Ergebnis war alles andere als romantisch: Die Läuferin fiel in ihren Leistungen zurück – und der Reporter aus seinem Job, weil er die ständigen anzüglichen Bemerkungen seiner neidischen Kollegen nicht mehr aushielt.

Ich war also genügend gewarnt. Und auch nicht schuld daran, dass Lea Vogl in ihrer Leistung zurückfiel. Was ich freilich doppelt bedauerte.

7

Ich wollte die beiden zusammenbringen: Lea und Phil. Irgendwie hatte ich das Gefühl, dass er ihr helfen könnte. Aber wie sollte ich das anstellen? Auf direktem Wege wollte ich den Kontakt nicht einfädeln, er sollte sich – zumindest dem äußeren Anschein nach – von selbst ergeben, die beiden, von mir nur sachte angestupst, wie zwei Kugeln aufeinander zu bewegen. Aber dafür musste eine Bahn gelegt werden. (Alles muss gebahnt werden, das hatte ich von Phil gelernt, denn sonst weiß die Energie nicht, wie und wohin sie fließen soll. Unglaublich, wie schnell ich derlei nachzuplappern begann. Noch vor ein paar Wochen hätte ich die Augen verdreht, hätte Esther einen solchen Satz von sich gegeben. Es stimmt schon, die Konvertiten sind die Allerschlimmsten). Und so bahnte ich. Ein Umstand kam mir dabei zu Hilfe. Ich erfuhr, dass die Ski-Nationalmannschaft – Frauen und Männer – das Sommertrainingslager auf der kleinen griechischen Insel Lyra abhielt, und zwar in der Anlage des »Club Creativ«, einer Einrichtung, die Urlaubern neben allerlei künstlerisch-kreativen auch sportliche Betätigungsmöglichkeiten bietet. Ich kannte diesen Club und seinen Leiter, einen Wiener Wirtschaftsanwalt, der sich mit dieser Anlage auf einem idyllisch gelegenen Plätzchen, einer Art Hochplateau direkt am Meer, einen

Lebenstraum erfüllt hatte. Ich war als Journalist einmal für zwei Wochen in dem Club eingeladen gewesen und hatte, wie es diese Form gegenseitiger Handreichung gebietet (für die das Wort Korruption eine vielleicht zu harte Bezeichnung wäre), sehr positiv darüber berichtet. Das hatte unter anderem zur Folge, dass Sportverbände diesen Ort für ihre Zwecke entdeckten und schon mehrfach Kurse und Camps dort abgehalten hatten, wie eben nun auch zum ersten Mal der Skiverband. Heinz Vasek, der Leiter, war mir für diese indirekte, von mir gar nicht beabsichtigte (aber halt doch irgendwie angebahnte) Vermittlung derart dankbar, dass ich in dem Club Gastrecht auf Lebenszeit erhielt, was die Urlaubsplanung einfach gemacht hätte, wäre mir je nach einer solchen gewesen. Nun aber hatte ich eine Idee. Dieser Club mit allen seinen Möglichkeiten war wie geschaffen für Phil Aurora und seine Bewegungskurse. Er und Saskia waren sowieso ständig auf der Suche nach neuen Orten. Der Rest fügte sich schnell. Vasek war von dieser Möglichkeit dank meiner Fürsprache sofort begeistert und mit Saskia war die organisatorische Abwicklung auch bald geklärt. Lediglich Phil sträubte sich anfänglich, weil er nicht nach Griechenland wollte. Im Gegensatz zu den allermeisten Menschen, die dort Kraft, Sonne und Energie tanken, hielt er dieses Land und vor allem die Inseln energetisch für keineswegs ideal. »Dort hängt man nur herum, da kommt man nicht auf Touren«, war sein abweisender Kommentar. Aber schließlich gelang es uns im Verbund doch, ihn für einen zweiwöchigen Kurs zu gewinnen (Vasek hatte in seinem Büro einen anständigen Whisky, mit Hilfe dessen Phil leichter zu überreden war). Und es gelang auch, den

Termin derart zu legen, dass es zu einer zeitlichen Überschneidung mit dem Aufenthalt des Skiteams kam. Nur so machte mein Plan Sinn. Natürlich musste ich selbst auch dort sein, was sich aber ebenfalls einrichten ließ. Am meisten war Esther von meiner Entschlussfreude überrascht. Nicht nur, dass ich plötzlich auf Urlaub fahren wollte, erstaunte sie, nein, jetzt sogar in einen Kreativclub (über den ich damals, außerhalb der Zeitungsberichte, recht wohl gespottet hatte) und noch dazu gemeinsam mit Phil, über den ich bis vor zwei Monaten ebenfalls kein gutes Wort verloren hatte. All diese gehäuften Unwahrscheinlichkeiten machten sie vorerst einmal sprachlos. Konnte sich ein Mensch derart schnell derart radikal verändern? Die Frage stand ihr unübersehbar ins Gesicht geschrieben, als ich sie mit meinen Plänen, die nun bald unsere werden sollten, vertraut machte. Ich ließ ihr auch gar nicht viel Zeit, eventuell eine Antwort auszuformulieren, küsste sie stattdessen auf die Nasenspitze und hielt ihr die Tickets darunter. Drei Wochen später flogen wir mit einer Chartermaschine frühmorgens nach Lyra.

Die Appartementanlage des Club Creativ liegt auf einer kleinen Anhöhe an der Ostseite der Insel, inmitten eines Olivenhains. Die flachen, einstöckigen Gebäude sind in einer Art Halbkreis angeordnet, mit netten, einfachen Zimmern, die allesamt Fenster und Balkone aufs Meer gerichtet haben, das sich unterhalb eines Abhangs entlang eines für griechische Verhältnisse erstaunlich sauberen Strandes majestätisch ausbreitet. In der Mitte des architektonischen Halbrunds befindet sich eine kleine, mit einer Zeltplane halb überdachte Manege, in welcher eine Reihe von Veranstaltungen stattfindet. Das Angebot reicht von Malkursen über Töpfern, Zeichnen, Batiken, Pantomime, Singen, Tanzen, Dichten bis zu orientalischen Gymnastiken à la Tai-Chi und Yoga. Dieses Programm spricht in erster Linie Frauen an, sodass gut achtzig Prozent des Publikums in den Sommermonaten, die hierorts von Mai bis Oktober dauern, weiblich ist. Es ist ein ganz bestimmter Typus von Frau, der sich Jahr für Jahr in dieser Kreativitäts-Enklave einfindet: zwischen 30 und 60 Jahre alt, oftmals geschieden, mehr bemüht denn wirklich künstlerisch veranlagt, sanft esoterisch. Die »Lyrikerinnen« heißen sie im Jargon. Das Aquarellieren, das die meisten von ihnen mit großer Hingabe betreiben (es kommen immer die gleichen verwaschenen Ölbäume aufs Papier – und unendlich viel Meer), nennen die paar Männer, die sich schnell gegen das erdrückend Feminine vor Ort verbünden, »Hausfrauen-Lulu«. Erst als vor wenigen Jahren ein genuin sportliches Angebot mit Tauchen, Segeln, Tennis und Mountainbiken dazu kam, hat sich der Männeranteil geringfügig erhöht. Auch das eine seltsame Spezies, diese Herren. Mit aufgeblähtem Brustkorb und eingezogenem Bierbauch stolzieren sie in Plastikschlapfen durch die Anlage, mit mehr oder weniger verschämten Seitenblicken aufs Frauenvolk. Wirkliche Kontakte ergeben sich selten, die Geschlechter neigen hier eher zu Gruppenbildungen unter ihresgleichen, fast wie auf einem katholischen Jungscharlager. Als ich Esther belustigt auf diese maskulinen Eigenarten hinwies, meinte sie zu meinem Missvergnügen, dass ich selbst auch kein sehr viel besseres Bild abgab. Sofort ließ ich meinen Burstkorb sinken, was an ihrem wenig schmeichelhaften Urteil freilich wenig änderte. Ich konnte das Kompliment nicht einmal retournieren, denn Esther hob sich tatsächlich wohltuend vom Durchschnitt der »Lyrikerinnen« ab. Erstens verstand sie wirklich etwas von Kunst, weshalb sie sich abschätzige Urteile über die Amateurbilder im Gegensatz zu uns Banausen generös verbat, außerdem war ihre Figur, wie ich unter hellenisch-hellem Sonnenlicht zum ersten Mal seit längerem wieder bemerkte, von beneidenswerter Wohlgeformtheit. Sie entzog sich geschickt den schnellen Einverständnissen, wie sie auch Frauen untereinander gerne herstellen. Trotzdem gefiel es ihr auf der Insel, sie ging in einige Kurse, ganz nach Lust und Laune des jeweiligen Tages, dazwischen las sie eine Vielzahl an Büchern. Mit mir sprach sie wenig. Ich war auch wenig da. Die meiste Zeit trieb ich mich im Kreise der Skisportler herum, die schon seit einer Woche auf der Insel waren und eine Mischung aus Konditionstraining, Geschicklichkeitsübungen (vor allem auf dem Surfbrett) und Relaxen praktizierten. Ein paar absolvierten in der freien Zeit sogar Mal-, Töpfer- und afrikanische Tanzkurse, welche John Cameron abhielt, ein farbiger Amerikaner, von dem das Gerücht ging, dass er schon fünfundsiebzig Jahre alt sei, obgleich er den sehnig-drahtigen Körper eines maximal Vierzigjährigen besaß. Lediglich an den faltigen Händen und dem manchmal müden Blick ließ sich das unglaubliche Alter erahnen. Die Frauen, die sich bei seinen abendlichen Kursen gegenseitig unrhythmisch auf die Füße traten, himmelten und schmachteten den glatzköpfigen Charismatiker an, was ihn aber wenig zu interessieren schien. Entweder war er wirklich schon über das Alter hinaus, in dem einen derlei beeindruckt – oder aber er war mehr an Männern interessiert, die allerdings kaum in seine Kurse kamen.

Phil Aurora passte, wie ich befürchtet hatte, nicht in das gemischte Grüppchen der Kursleiter hinein, die ihren Unterricht eher von der lockeren Seite nahmen und den Urlaubsaspekt ihres hiesigen Aufenthalts in den Vordergrund stellten. Nicht so Phil, dem es stets Ernst war, wenn es um seine Kurse ging. Da duldete er kein wie immer geartetes Nebenbei oder Laisser-faire. So scherte er auch sofort aus der üblichen Ordnung aus, nur einmal pro Tag eine Kurseinheit von zwei Stunden abzuhalten. »Da brauche ich ja gar nicht erst anzufangen«, alterierte er sich, »zwei Stunden sind lächerlich. Da habe ich gerade die Energie erst aufgebaut, die dann im dumpfen Nichtstun wieder versandet. Unter mindestens zweimal zwei Stunden pro Tag hat es keinen Sinn. Ich bin ja kein Animateur, der mit dem Pingpong-Schläger wachelt. Ich mache ernsthafte Arbeit.«

Mit dieser Ansage machte er sich bei den Kollegen besonders beliebt. »Und wir, machen wir vielleicht keine ernsthafte Arbeit?«, begehrten sie auf, wussten dann aber nicht recht weiter in ihrer Argumentation, denn zweimal pro Tag wollten sie keinesfalls unterrichten, sodass ihnen Phil auftrumpfend pädagogisch kam: »Fasst euch erst einmal in einen Sinn, bevor ihr etwas sagt«, schleuderte er den Verdutzten entgegen. Die schüttelten nur die Köpfe und verließen die Besprechung, die im Büro des hiesigen Verwalters stattfand, da Heinz Vasek gar nicht erst mit nach Griechenland gekommen war. Er betrieb das Geschäft großteils von Wien aus. Schließlich einigte man sich darauf, dass Phil seine Doppeleinheit dann abhalten könne, wenn sich die Teilnehmer seines Kurses damit einverstanden zeigten. Darauf ließ Phil sich wiederum nur unter der Bedingung ein, dass er vorher erklären darf, warum er auf diese Sondertour bestehe. So kam es dann auch. Phil erläuterte bei der Vorstellungsrunde dem Publikum die Struktur seines Kurses, den er diesmal »Die Ruhe in der Bewegung« nannte, und weshalb er auf zweifache Ausführung pro Tag Wert lege. Da er wie immer klar und überzeugend sprach, war es für mich nicht überraschend, dass er über zwanzig Teilnehmer für sein Double-Programm gewinnen konnte. Die restlichen Kursleiter (da gab es ein eindeutiges Übergewicht an Männern) nahmen es mit Groll zur Kenntnis. Die Balance war also von Anfang an gestört. Sie wurde auch dadurch nicht besser, dass Phil – und mit ihm Saskia, die auch hier stets an seiner Seite verblieb – die gemeinsamen Mahlzeiten mit der Belegschaft verweigerte. »Zwei Wochen lang solch ein Essen – und ich bin eine energetische Leiche«, verkündete Phil geschmackvoll am ersten Abend, als neben dem obligatorischen griechischen Bauernsalat gefüllte Tomaten serviert wurden. »Wisst ihr überhaupt, was ihr da in euch hineinstopft?«, fragte er die ihn ungläubig anstarrende Runde. »Zuerst einmal ist jegliche Rohkost am Abend pures Gift. Durch die späte Verdauung werden Stoffe frei, die ärger sind als jeglicher Alkohol. Die greifen die Leber an und stören die Gehirnintegration.« Als er das ungefragt äußerte, glaubten manche, mit seinem Gehirn sei etwas nicht in Ordnung. Aber es kam noch wilder: »Und diese Tomaten erst. Die sind überhaupt das Schlimmste. Bis vor hundert Jahren hat das kein Mensch gefressen. Aber jetzt glauben alle, die seien gesund. So etwas Verrücktes. Tomaten stören den gesamten Stoffwechsel, was sich weniger physisch als emotional bemerkbar macht. Man wird aggressiv. Wenn man am Vorabend Tomaten gegessen hat, ist man automatisch am nächsten Tag unausgeglichen, launisch, aggressiv. Aber niemand führt das auf die Tomaten zurück. Die gehören schlicht verboten.« Und damit schob er den Teller mit den roten Früchten demonstrativ weit von sich weg. Er hatte das alles freilich selbst derart aggressiv und angriffslustig geäußert, dass man sich fragen musste, was er eigentlich am Vorabend zu sich genommen hatte. Aber niemand hatte Lust, auf diese obskuren Thesen auch nur einzugehen, stattdessen stocherten die meisten lustlos in den Tellern herum, der Appetit war ihnen sowieso schon vergangen. Von diesem Abend an aßen Phil und Saskia meist alleine, nur manchmal in Gesellschaft einiger Kursteilnehmerinnen – oder auch von Esther und mir. Es kamen bei ihnen praktisch nur mehr Kartoffeln und Reis auf den Tisch, hie und da Fleisch und Fisch dazu, mittags ein kleiner grüner Salat.

Ich war also von allem Anfang an ziemlich kleinlaut, da ich an Phils streitbarem Erscheinen in diesem Kreise Schuld trug. Einige Kursleiter beschwerten sich bereits nach dem ersten Tag bei Heinz Vasek telefonisch in Wien, was ihm denn da eingefallen sei, »diesen Idioten hier herunterzuschicken«. Ich kalmierte nach Möglichkeiten, beruhigte per Handy den Anwalt, der natürlich besorgt war. Phil sei kein einfacher Mensch, sagte ich, man müsse ihn in Ruhe arbeiten lassen, ein wenig von den anderen abschirmen, dann würde er gute, erfolgreiche Arbeit leisten. Immerhin seien es nur zwei Wochen, dann könne man ein Resümee ziehen.

Fehlte mir noch, dass ausgerechnet jetzt, wo mein Plan bisher so gut funktionierte, eventuell im letzten Moment noch etwas schief ging, Phil etwa erbost abreiste – oder Vasek den unduldsamen Guru kündigte. Aber so weit kam es nicht. Am ersten Kurstag begann Phil ordnungsgemäß mit seinem Programm, sodass er für weitere Kontroversen vorläufig keine Zeit mehr hatte. Zum Glück dozierte er auch sonst nicht viel, sondern zeigte eine Reihe von einfachen körperlichen Übungen vor, die einen überhaupt erst in die Lage versetzen sollten, Ruhe und Klarheit in Körper, Geist und Gefühl zu bringen. »Nur wenn wir ruhig sind, können wir uns richtig bewegen«, sagte er nun doch in gemessener Diktion, die Augenbrauen hoch gehoben und erwartungsfroh auf jene herniederblickend, die sich am Boden mit den für sie ungewohnten Bewegungsabläufen abmühten. Sie kamen bisher nicht zur Ruhe. Auch ich nicht, da ich nun doch ein wenig aktiver werden musste, damit eine Annäherung zwischen Phil und Lea Vogl allmählich zustande kam. Ich hatte Lea hier auf der Insel bisher nur einmal kurz gesehen – und sie war nicht wenig erstaunt gewesen, mich in dieser Umgebung anzutreffen. »Das ist ja eine nette Überraschung«, schmeichelte sie mir, als sie mich scheinbar zufällig aus meinem Appartement kommen sah (von wo aus ich ihr bereits aufgelauert hatte).

»Ja, das kann man wohl sagen«, erwiderte ich.

»Aber du bist doch nicht beruflich hier?«, fragte sie sogleich ein wenig skeptisch.

»Nein, nein, das ist eher Zufall. Ich bin mit meiner Frau hier, wir machen ein paar Kurse, unter anderem bei einem Bewegungslehrer. Könnte dich vielleicht auch interessieren ...«

»Ja, vielleicht, aber im Moment habe ich genug um die Ohren, wir haben volles Programm. Ich muss eh schon wieder los. Man sieht sich.« Sie winkte mir noch zu – und schon war sie dahin, in ihrer leuchtend weißen Trainingshose, die um ihre zarten Oberschenkel flatterte.

Das musste ich also anders angehen. Und ich wusste auch schon, wie. Bei nächstbester Gelegenheit schnappte ich mir den Konditionstrainer der Damen, den ich mittlerweile auch schon gut kannte. Er war – im Vergleich zu den Spartentrainern und erst recht zu Tom Schwaiger, dem Damenchef – ein aufgeschlossener, vielseitig interessierter Zeitgenosse, kein Schinder und Kraftprotz, wie man bei solcher Profession allzu leicht vermuten würde. Ich fragte ihn daher ganz unumwunden, ob er sich nicht den Kurs von Phil einmal ansehen möge, es könnte eventuell etwas Interessantes für ihn unter den zwar extravaganten, aber durchaus inspirierenden Ansätzen dabei sein. »Mir hat er jedenfalls geholfen«, sagte ich, »meinem Kreuz geht es nun wesentlich besser. Alles nur mit Übungen und ...«, da stockte ich, denn die Mentalübungen, das Imaginieren und Lächeln, getraute ich mich so offen nicht einzugestehen (außerdem praktizierte ich sie nur selten), »... ganz ohne Medikamente. Nicht einmal irgendwelche Kugerln oder Kräuter.«

Peter, so hieß der Trainer, nickte beifällig, sah aber dabei auf die rötlich schimmernde Erde hinab und sagte nichts.

»Er ist natürlich schon ein bisschen verrückt, am besten, du hörst gar nicht so genau hin, was er alles behauptet«, fügte ich sicherheitshalber hinzu, »aber beurteile ihn mehr nach dem, was er tut, als was er sagt.«

»Klar, warum nicht. Ich bin immer an neuen Techniken interessiert«, sagte Peter, der auch erstaunlich schmal gebaut war, keine Spur von hypertrophierten Muskeln, dafür wirkte er umso sehniger, Typus braungebrannter Naturbursch, und blinzelte vom Boden weg direkt in den strahlend blauen Himmel über uns. »Vielleicht ist das ja auch etwas für unsere Mädchen, die brauchen schon dringend Abwechslung. Ich komme die nächsten Tage einmal mit der Truppe vorbei. Wo findet das statt: in diesem Amphitheater, oder?«

»Ja, täglich um 9 Uhr vormittags – und 16 Uhr nachmittags. Jeweils zwei Stunden lang«, antwortete ich.

Und sie kamen wirklich. Ich hatte Phil vorsorglich auf die Möglichkeit hingewiesen, damit er dann nicht etwa so irritiert wäre, dass er sie wieder wegschickte oder auf noch abwegigere Gedanken kam. Alles gut möglich bei ihm. Aber er sagte nur: »Sollen nur kommen, die haben es sowieso nötig.« Saskia war davon weniger erbaut. »Ich weiß nicht«, begann sie vorsichtig und wiegte den Kopf dabei bedächtig hin und her, »so einfach mittendrin hereinschneien, das zerstört ja die gesamte Gruppe – und vor allem den Aufbau.«

»Mittendrin brauchen sie auch nicht zu kommen«, wiegelte Phil sogleich ab, »die sollen pünktlich in der Früh da sein, dann machen wir einfach eine kleine Exhibition für sie. Wird den anderen in der Gruppe auch nicht schaden.«

»Wie du meinst«, gab Saskia klein bei, aber ihr skeptischer Gesichtsausdruck verriet, dass ihr dieser angekündigte Aufmarsch der Sportler nicht Recht war.

Wie sich später einmal zeigen sollte, hatte sie da schon einen guten Riecher bewiesen. So kamen sie dann pünktlich des Morgens, allerdings, womit ich nicht gerechnet hatte, nicht nur die Frauen, sondern die männlichen Skifahrer gleich mit. Und der gesamte Trainerstab. Alle waren scheinbar neugierig. Es waren also an die sechzig Personen, die sich auf dem rituellen Rundplatz zusätzlich einfanden, der damit an den Rand seiner Aufnahmekapazität gelangte. Phil gefiel so viel Publikum. Da blühte er auf. Und er war überraschend charmant. Er sei hoch erfreut, sagte er, dass solch hoher Besuch sich einfinde. Er verbeugte sich dabei etwas übertrieben förmlich, eine Art Kratzfuß andeutend. Sportler seien ihm besonders willkommen, denn sie hätten zumindest ein universelles Prinzip erkannt: dass Leben in erster Linie Bewegung sei. Ohne Bewegung gäbe es kein biologisches und auch kein physikalisches Geschehen. Aber, und da reckte er den Zeigefinger erstmals unangenehm hoch, es komme auf die Art der Bewegung an. Sport, falsch verstanden, nämlich als rein technischer Bewegungsablauf und einseitige Belastung, könne eher einschränkend denn lebensförderlich sein.

Diese leicht schulmeisterliche Bemerkung sorgte bei manchen Sportlern und Betreuern gleich eingangs für lange Gesichter, wie ich bei einem Rundumblick feststellen musste. Auch das ausgeprägte bundesdeutsche Idiom trug nicht gerade zu einer verbesserten Aufnahme bei. Von »Piefkes« lassen sich Österreicher bekanntlich besonders ungern belehren. Aber Phil fuhr unbeirrt fort.

»Ich will jetzt gar keine langen Vorträge halten. Nur kurz erläutern, was ich mache – und warum ich es mache. Mir geht es um den Zusammenhang von äußeren und inneren Bewegungen, um die Koordination aller an Bewegung beteiligten Faktoren, um eine, wenn man es trotz Inflation des Ausdrucks so sagen will, ganzheitliche Sicht. Wir müssen Bewegung als ein physisches, aber auch auch als ein energetisches und ein psychisches Phänomen begreifen lernen, erst dann haben wir alle Komponenten berücksichtigt und können auch den besten Nutzen daraus ziehen, nämlich die volle Leistung erbringen, was gerade für Sportler von wesentlicher Bedeutung ist. Nach meiner Erfahrung, ohne werte Anwesende damit gleich verdächtigen zu wollen«, – und da schaute er kurzzeitig ganz unschuldig und treuherzig drein, der gewiefte Gauner, denn natürlich verdächtigte er sie, und das ganz zu Recht, wie sich nur allzubald zeigen sollte – »wird gerade in Sportlerkreisen dem viel zu wenig Beachtung geschenkt. Die meisten haben allenfalls eine ungefähre Vorstellung von den physikalischen Bewegungsabläufen, also der spezifischen Technik ihrer jeweiligen Disziplin, und die wird dann einseitig zu verbessern versucht. Von den weiteren physiologischen Komponenten, also was alles noch rein körperlich an diesen Bewegungsmustern beteiligt ist, haben schon nur mehr die wenigsten eine Ahnung. Von den energetischen und geistigen Abläufen ganz zu schweigen. Aber erst das geordnete Zusammenspiel aller Systeme sorgt für ein optimales Ergebnis. Darum bleiben so viele Sportler unter ihren Möglichkeiten, können nicht ihr volles Potenzial ausschöpfen, müssen ihren Körper mit übertriebener Anstrengung oder gar mittels Doping zu Leistungen zwingen, die viel leichter, müheloser und einfacher zu erreichen wären. Ich zeige das nur an einem einfachen Beispiel aus dem sportlichen Alltag, wie Nichtwissen zu einer Einschränkung des erstrebten Effekts führt.«

Phil demonstrierte einmal mehr an Hand des Armkreisens in die falsche, nämlich vordere Richtung, wie zwar Muskeln bewegt und damit aufgewärmt werden, zugleich aber die Atmung geschwächt wird, weil der Lungenmeridian »abgeschaltet« wird. Diesen Terminus verwendete er hier aber klugerweise nicht, da er vermutlich sofort zu Missverständnissen geführt hätte. Er sagte: »Die Energie des Lungenmeridians fließt in die andere Richtung, nämlich nach oben, sodass man diese Bewegung nur mit rückwärtigem Armkreisen unterstützen kann, was wiederum die Atmung stabilisiert. Mehr Atmung heißt mehr Leistung. So einfach ist das. Und so schwer durchzusetzen.«

Es sah zwar ein bisschen lächerlich aus, wie ein erwachsener Mann da alleine inmitten des Rondeaus mit den Armen kreiste, angestarrt von über sechzig Augenpaaren, aber manchen stockte jetzt sichtbar der Atem, da sie sich eines Vergehens schuldig fühlten, nämlich ihre Arme gedankenlos nach vorne zu bewegen. Immerhin hatte Phil damit so etwas wie einen »Aha-Effekt« erzielt, ein kleiner Überraschungscoup, der ihm ein wenig jener Achtung verschaffte, die ihm der Vortrag alleine bisher nicht eingebracht hatte. Er zeigte noch ein paar weitere Beispiele, etwa wie gegengleiche Bewegungen, also wenn rechter Arm und linkes Bein zugleich verschiedene Bewegungen ausführen, schnell zu Verwirrung und unrhythmischem Verhalten führen. »Aber nur«, so Phil wiederum mit erhobenem Zeigefinger, der nun über seinem Kopf kreiste, »weil die Gehirnhälften nicht synchronisiert sind. Das heißt, die beiden Hälften sind nicht optimal energetisch miteinander vernetzt, weshalb wir auf einseitige Bewegungsmuster beschränkt bleiben. Aber auch da gibt es Abhilfe.« Er rieb mit zwei Fingern an einigen Körperstellen, machte danach eine lustige, hampelnde Bewegungsfolge (die aussah, als parodierten Clowns eine Militärparade) und zeigte dann, wie rhythmisch und mühelos unterschiedliche Bewegungen der gegengleichen Gliedmaßen gelingen können. Danach hatte er vom Solieren genug und ermunterte die Truppe zum Mitmachen. So erhob sich der bis dahin auf die Sitzholzplanken am Rande der Rundbühne verstreute Haufen und begann unter kräftigem Rascheln der Trainingsanzüge, einzelne Übungen nach Anleitung zu turnen. Während sich einige, darunter Lea, wie ich erfreut bemerkte, dabei sehr bemühten, grinsten andere, vor allem die Männer, und da wiederum besonders die Abfahrer, hämisch, während sie auffällig nachlässig so taten, als täten sie was. Die meisten Betreuer waren sich sogar dafür zu gut und blieben überhaupt sitzen und betrachteten das Geschehen mit mildem Abscheu. Die zwei Vormittagsstunden vergingen in der Folge sehr rasch. Zuguter Letzt behauptete Phil dann noch, dass reines Krafttraining für Sportler nahezu immer kontraproduktiv sei, was bei einigen Kopfschütteln, bei einem aber expliziten Protest und Widerspruch hervorrief: beim Damencoach Tom Schwaiger. »Also, guter Mann«, hob er mit leicht angewiderter Miene an, »wir danken sehr für all die Ratschläge, die Sie uns da erteilt haben. Mag ja an dem einen oder anderen was dran sein, aber das meiste ist, verzeihen Sie, wenn ich das so offen sage, völliger Blödsinn. Zum Beispiel das mit dem Krafttraining. Sie haben keine Ahnung, wovon Sie sprechen, sind nicht am neuesten Stand der Trainingswissenschaften. Wir sind ja keine Idioten, die irgendwie herumprobieren. Wir trainieren nach exakten Plänen, wissenschaftlich ausgearbeitet, individuell getestet und maßgeschneidert. Und Kraft ist nun einmal im Skisport das Um und Auf – ohne Kraft geht gar nichts.«

»Und wo, glauben Sie, wird diese Kraft gespeichert?«, fragte Phil, der diese Zurechtweisung ohne jegliche äußere Regung über sich ergehen hatte lassen.

»Was für eine Frage!«, empörte sich Schwaiger, der noch immer auf einer der Holzplanken saß und hohnlachend zu seinen Kollegen blickte, »in den Muskeln natürlich, das weiß doch jedes Kind.«

»Eben nicht«, entgegnete Phil. »Kraft wird in den Sehnen gespeichert, die Chinesen wussten das bereits vor Jahrtausenden. Schauen Sie sich doch diese Shaolin-Mönche an: Sind das etwa Muskelpakete? Und trotzdem haben sie unwahrscheinliche Kräfte, können Steinplatten zertrümmern oder Eisenstangen verbiegen.«

»Ach, hören Sie mir doch auf mit diesem Hokuspokus, das ist doch alles Schwindelei, Scharlatanerie, gut getarnte Zaubertricks«, erwiderte Schwaiger und machte dabei eine abschätzige Handbewegung.

»Gut, dann werde ich Ihnen etwas zeigen. Nachdem Sie selbst ja nicht allzu kräftig aussehen, sollte sich besser einer der gut gebauten Skifahrer für eine kleine Demonstration zur Verfügung stellen. Sie vielleicht?«, fragte Phil einen Abfahrer mit gewaltigem Oberschenkelumfang. Der angesprochene Sportler zierte sich, wurde von seinen Kollegen aber lautstark zur Teilnahme aufgefordert, einige klopften ihm aufmunternd auf die Schulter. Also ergab er sich, stand mühsam auf und trat zu Phil in die Arena.

»Sehr nett von Ihnen, dauert nur kurz und tut gar nicht weh«, sagte Phil und ergriff den Mann, der gut einen Kopf größer war als er, beim Oberarm, der auch nicht von schlechten Eltern war. »So, stellen Sie sich bitte da her«, führte Phil den Mann zur Mitte des Kreises, »möglichst breitbeinig – jedenfalls in jener Haltung, in der Sie, wie Sie selbst glauben, am schwersten umzustoßen sind.«

Der Abfahrer, ein dunkelhaariger Bauernbursch aus dem Tiroler Ötztal, baute sich ein wenig unbeholfen auf, indem er die Füße weit auseinander stellte und die Beine fast rechtwinkelig abbog, wie japanische Sumoringer. Im Gegensatz zu jenen beugte er aber den Oberkörper nicht sehr weit nach vorne, sodass die Schenkel in mächtige Spannung gerieten und auch leicht zitterten.

»Stehen Sie gut und fest?«, fragte Phil.

Der Mann nickte stumm. Daraufhin ging Phil ganz nahe an ihn heran, setzte ihm drei Finger auf die Brust und tauchte kurz an. Sofort geriet der junge Mann aus dem Gleichgewicht, begann zu wanken und wäre fast umgefallen, wenn er nicht einen Ausfallschritt nach hinten getan hätte, der den Holzboden kräftig vibrieren ließ.

»So viel zur Muskelkraft«, sagte Phil, »nun machen wir es umgekehrt. Ich stelle mich her – und Sie versuchen mich wegzuschieben.« Der Sportler, von seiner Niederlage noch leicht beschämt, nickte wiederum. Phil stellte die Außenkanten seiner Füße parallel, sodass die Zehen etwas näher beisammen waren als die

Fersen. Außerdem bog er die Beine fast säbelartig nach außen. Dazu bildete er mit den Armen einen Kreis vor der Brust, ohne dass die Hände einander berührten. Es sah aus, als umarmte er einen Baum. Der Oberkörper war leicht nach vorne geneigt und das Kinn zur Brust gedrückt. Er sei jetzt bereit, sagte Phil nach einer kurzen Pause, sein Gegenüber solle mit aller Kraft versuchen, ihn aus der Balance zu bringen. Dann holte er kräftig Luft und stand in dieser seltsamen Haltung vor dem Abfahrer, der nun immerhin die Chance einer Wiedergutmachung witterte. Also nahm er nicht lediglich drei Finger, sondern gleich beide Hände, um den vor ihm Aufgepflanzten wegzudrücken. Alleine, es gelang nicht. So sehr sich die Muskeln des Mannes auch anspannten und sein Gesicht an Röte zulegte, der scheinbar Angewurzelte rückte keinen Zentimeter zur Seite. Also warf sich der Bursche im zweiten Versuch, die linke Schulter voran, mit voller Vehemenz auf den kleineren, vergleichsweise schmächtigen Mann. Wiederum prallte er zurück, ohne dass sich jener auch nur geringfügig bewegte. Nun wurde es ihm aber zu blöd. Er ging bis an den Rand der Rundbühne und nahm Anlauf. Wie ein wütender Stier trabte er heran. Als er Phil regelrecht niederrennen wollte, trat jener plötzlich – ganz gewitzter Matador – zur Seite und ließ den Angreifer ins Leere stürmen. Allerdings gab es keine Leere – und so krachte der Gefoppte geradewegs in die erste Sitzreihe hinein, wo ihm seine Kollegen nicht mehr rechtzeitig ausweichen konnten und nun gemeinsam mit ihm auf dem Boden kugelten. Nach einer Schrecksekunde – zum Glück war nichts passiert – kugelten alle anderen vor Lachen fast von den Sitzen, vor allem die Frauen, war die Szene in ihrer Abfolge doch eine höchst slapstickhafte Groteske.

Dem Cheftrainer der Damen war allerdings nicht zum Lachen. Er stand auf und deutete seinen Untergebenen mit einer Kopfbewegung den Aufbruch an, was freilich nicht alle befolgten. So blieb ungefähr ein Drittel der Sportler und Betreuer sitzen, während die anderen grußlos abzogen. Phil ließ sich auch davon nicht aus dem Konzept bringen. »Das Geheimnis der Kraft besteht aus kleinen Drehbewegungen«, erläuterte er den Gebliebenen das soeben Gezeigte. »Das ist im Grunde einfache Physik. Ein Stoppel wird auch mittels Drehbewegungen aus der Flasche gezogen – und nicht auf direktem, also geradem Wege. Indem man die Sehnen der Gliedmaßen mittels leichter Drehung anspannt, werden sie zu Kraftspeichern.« Dabei drehte er den Unterarm andeutungsweise spiralenförmig nach oben. »Jede gerade Bewegung ist schwach.« Nunmehr schob er die ausgestreckte Hand geradewegs nach vorne. »Die asiatischen Kampfmönche können dank Disziplin und Training ihre Sehnen mehrfach eindrehen, fast einzwirbeln, sodass sie zu solchen Kraftakten fähig werden, wie Stein und Eisen zu durchdringen. Das wird unsereins zwar nicht gelingen, aber auch wir sind zu allerhand in der Lage, wenn wir solche Erkenntnisse berücksichtigen. Nicht mehr, aber auch nicht weniger wollte ich damit zeigen. Aber das scheint manche schon überfordert zu haben. Daher lassen wir es damit gut sein.«

Einige Sportler applaudierten demonstrativ, als sich Phil nun neuerlich kurz verbeugte, darunter Lea, die, wie ich natürlich beobachtet hatte, bei der Blamage ihres Trainers ein besonders strahlendes Gesicht aufgezogen hatte. Sie kam danach auch gleich direkt zu mir. »Super, dem hat er's aber gezeigt«, grinste sie mich an. »Der Idiot glaubt ja immer, dass er alles besser weiß. Höchste Zeit, dass ihm einmal wer sagt, wo's lang geht. Aber ich fürchte, das werden wir büßen. Ich kenn den Kerl, wahrscheinlich gibt's ab jetzt noch mehr Krafttraining.« Bei dieser Vorahnung verschwand das Lächeln wieder aus ihrem Gesicht.

»Wann findet dieser Kurs denn nachmittags immer statt?«, fragte sie. Als ich ihr die Uhrzeit nannte, nickte sie ein paar Mal kurz hintereinander. »Ja, das könnte sich ausgehen, denn ab vier haben wir normalerweise Freizeit, also kein geordnetes Programm. Glaubst du, dass ich da einfach weiter teilnehmen kann?«

Und wie ich das glaubte, riet ihr aber, Phil einfach danach zu fragen, was sie sogleich tat. Natürlich hatte er nichts dagegen, nur Saskia schaute wiederum komisch drein, fixierte die blonde Läuferin mit stechendem Blick von der Seite und musterte sie anschließend von oben bis unten, was Lea wahrscheinlich gar nicht bemerkte, mir aber auffiel (was wiederum Sakia verborgen blieb. Eine typische Blickstafette, bei der sich jeder unbeobachtet wähnt. Vielleicht war ich selbst auch noch in jemandes Blickfeld geraten).

»Fährst du morgen mit nach Olympia?«, fragte ich Lea, als sie zurückkam.

»Klar, das lasse ich mir nicht entgehen.«

»Gut, dann sehen wir uns in der Früh im Bus.«

Da in der kommenden Saison Olympische Winterspiele stattfanden, wurde die passende Gelegenheit ergriffen, den Geburtsort dieser hehren Idee zu besuchen. Dazu mussten wir mit der Fähre auf den

Peloponnes übersetzen, wo wir nach knapp einer Stunde Busfahrt bei den antiken Weihestätten eintrafen. An dem Ausflug, der vom »Club Creativ« organisiert wurde, nahmen neben dem gesamten Skiteam auch einige Urlauber, Phil, Saskia und Esther teil. Ich hatte eine anspruchsvolle Kamera dabei, da ich einige Fotos für die Zeitung machen wollte. Das bot sich förmlich an, auch wenn ich eigentlich nicht vorgehabt hatte, im Urlaub zu arbeiten. Nun wurde ich diesem Vorsatz schon zum zweiten Mal untreu, da ich bereits ein längeres Gespräch mit dem Techniktrainer der Damen aufgezeichnet hatte, das sich eines Abends an der Bar der lokalen Freiluft-Disko zwanglos ergeben hatte. Er erzählte mir von seinen Erwartungen für den bevorstehenden Winter, was ich gut als Interview vor den ersten Rennen verwenden konnte (er rechnete damit, dass Lea heuer wieder an ihre einstige Siegesserie werde anschließen können).

Die in einer wunderschönen, ein wenig an die Toskana erinnernden Landschaft gelegenen Ausgrabungsstätten gefielen allen sehr, obwohl es an diesem Tag drückend heiß war. Unter der kundigen Führung eines erstaunlich gut deutsch sprechenden Griechen wanderten wir an den Überresten der Tempel, Gymnasien, Säulen, Bäder und Stadien vorbei, ehrfürchtig gedrückt von der Hitze und der Vorstellung, dass an diesem historischen Orte einst Athleten um die begehrten Lorbeer- und Olivenzweige gekämpft hatten. In dem Stadion, einer flachen, geraden Laufbahn von exakt 212,54 Meter Länge, nahmen einige der Skifahrer an der Stelle der primitiven Startvorrichtungen, die man nur erahnen konnte, eine gekünstelte Pose ein, die ich mit der Kamera bannte. Manche der Mädchen wagten sich auf einen breiten Säulenstumpf, um darauf kollektiv eine triumphale Haltung einzunehmen, was von ihren männlichen Kollegen mit dem spöttischen Hinweis bedacht wurde, dass ihnen an diesem Platz Demut besser anstünde, da Frauen bei den antiken Spielen bekanntlich nicht einmal als Zuseherinnen zugelassen waren, geschweige denn als Sportlerinnen. Daraufhin streckten einige der Mädchen provokant die Zunge heraus, was ebenfalls schöne Fotos ergab.

Während ich mir noch zusammen mit den Sportlern die Disziplinen der antiken Wettkämpfe im Schatten einer großen Pinie erklären ließ, samt der Qualifikationskriterien für die Teilnahme (da hörten auch die Trainer aufmerksam zu, vielleicht konnten sie in ein paar Monaten ihre voraussehbar umstrittenen Entscheidungen mit einem historischen Vergleich legitimieren), war Esther mit Saskia und Phil längst in dem der Anlage angeschlossenen Museum verschwunden, das von außen wie ein monströser bulgarischer Kulturpalast aussah. Darin waren allerlei berühmte Statuen und Torsi aufbewahrt, an welchen meine Frau deutlich mehr Interesse zeigte als an der Sportgeschichte. Als Kunsthistorikerin trat sie mit einem ganz anderen Blick an die Überreste der steinernen Figuren heran, die wie Gliederpuppen an den Wänden hingen, stückhaft rekonstruiert und Teil für Teil zusammengefügt, sodass trotz einiger Auslassungen ein sinnvolles Ganzes entstand. Mit ausholenden Gesten erläuterte sie ihren beiden Zuhörern gerade die Nike von Paionios, als ich den Raum betrat.

»No, was sagt ihr zu diesem kolossalen Steinehaufen«, rief ich ihnen entgegen. Esther schickte mir nur einen bösen Blick, während Saskia den Finger vor den Mund hielt. »Entschuldigung vielmals«, sagte ich leise, hob die Hände in Brusthöhe und trat den Rückwärtsgang an, »ich wollte die heilige Messe nicht stören«, drehte mich um und ging in den Nebenraum, wo mich ein Marmorkopf mit leeren Augen genauso vorwurfsvoll anblickte wie Esther gerade zuvor. Ich beschloss, mir vor dem Museum ein Bier zu gönnen. Der Alkohol setzte mir auf Grund der hohen Temperaturen freilich derart zu, dass ich bei der Rückfahrt im Bus sogleich einschlief und somit fast versäumt hätte, dass sich Lea ein paar Sitzreihen weiter vorne auf den frei gebliebenen Platz neben Phil setzte (Saskia hatte sich zu Esther begeben, die wiederum ganz vorne saß, weil ihr im Bus leicht schlecht wurde und sie solcherart auch die räumliche Distanz zu mir vergrößern wollte, vor allem in meinem jetzigen Zustand). Nur ein abruptes Bremsmanöver des Chauffeurs holte mich kurzzeitig aus dem beduselten Nickerchen, sodass ich Lea und Phil (seine großen Ohren flammten im Gegenlicht der untergehenden Sonne rosig-orange auf) in einem sichtlich anregenden Gespräch wahrnahm. Als ich das sah, schlummerte ich befriedigt weiter. Die Kugeln hatten sich getroffen. Touché!

Den Rest der Woche nahm Lea täglich an den Nachmittagskursen von Phil teil, bei welchen er ganz speziell auf die Ruhe in der Bewegung achtete. Er ließ vorwiegend einfache, kleine Bewegungsfolgen ausführen, manchmal nur langsames Gehen im Kreis, um es oft mittendrin zu unterbrechen, damit man dem gerade Geleisteten im Stehen nachspüren konnte. Denn das sei das Wichtigste, behauptete er: eine tiefe Empfindung der eigenen Beweglichkeit zu erfahren.

»Es heißt oft: jemand habe den Kopf verloren«, sagte er und legte die flache Hand auf die Stirn. »Ja, auch das, aber sehr viel mehr Menschen haben ihren Körper verloren«, und dabei strich er mit beiden Händen an der Längsseite seines heute weiß gewandeten Körpers entlang, »sie haben keinerlei Gespür mehr für ihn, wissen nicht, was ihm gut oder schlecht tut, wie er funktioniert. Sie leben in einer eingeschränkten Vorstellung von dem, was sie selbst körperlich ausmacht, empfinden allenfalls noch starke Reize wie Lust oder Schmerz, aber kaum mehr. Daher müssen wir uns die vielfach verlorenen feinen Regungen zurückerobern, ein Spürbewusstsein dafür entwickeln. Und das geht nur in der Ruhe, in stiller Einkehr und Kommunikation mit sich selbst. Das üben wir hier.«

Ich war schläfrig geworden, auch heute, und hätte meine Ruhe gerne in einer Hängematte gefunden, für die und deren leichte Schaukelbewegung ich mühelos ein Spürbewusstsein hätte entwickeln können. Aber ich riss mich zusammen, wollte vor allem vor Lea, die mit großer Hingabe bei der Sache war, nicht schlappmachen. Auch zwei Riesentorläufer kamen sporadisch zu den Kursen, hielten sich aber dezent im Hintergrund. Von dem Rest der Truppe ließ sich niemand mehr blicken. Als ich Peter, den Konditionstrainer, darauf ansprach, als er mir am Strand über den Weg lief, meinte er nur lapidar, dass er keine Zeit habe. Der Damentrainer habe ihre internen Besprechungen nun genau zu jener Nachmittagszeit angesetzt, zu welcher dieser Kurs stattfinde. »Außerdem, wenn du es wirklich wissen willst, ist mir der Typ einfach zu überheblich. Der hat eine große Klappe, mit der er viel Wind macht. Ich mag solche Selbstdarsteller nicht sonderlich.«

Ich konnte ihm nur schwer widersprechen. Ja, Phil hatte eine große Klappe, ja, er machte viel Wind, und ja, er neigte zur Selbstdarstellung. Aber er verstand etwas von seiner Sache. Zumindest davon ließ ich mich nicht abbringen. Auch Lea nicht, die sogar das Vormittagsprogramm nachholte, indem sie sich von Phil Unterlagen mit den entsprechenden Übungen und Erläuterungen geben ließ. Einmal sah ich sie tatsächlich mittags, in der allergrößten Hitze, alleine auf dem Übungsplatz so genannte Beckenachter turnen (dabei beschreibt das Becken die Figur einer waagrechten Acht), einer angeblich tibetanischen Übung zur besseren Verdauung. Auch Konzentrations- und Imaginationsübungen ließ sie sich von Phil in »Nachhilfestunden« zeigen, nahm ihn somit von Tag zu Tag mehr in Beschlag. Immer nach dem Kurs stürmte sie sofort auf ihn zu, um ihn allerlei zu fragen – und er widmete sich der Sportlerin mit Rat und Tat, was manchmal über eine halbe Stunde in Anspruch nahm. Saskia beobachtete diese »Privataudienzen« mit kritischem Auge – und neuerdings auch Esther, wie ich mir einbildete. Die blonde Skiläuferin war den beiden Frauen nicht geheuer, das konnte man förmlich riechen, sie hielten sie für eine Art Eindringling in diese Gruppe, ein Promi, der sich zu viel herausnahm; behielten ihre ablehnende Haltung, die ihren Körpern eingeschrieben war (dafür hatte ich ein Gespür), aber für sich. Noch.

Am Ende der Woche reiste das Skiteam ab, während wir drei weitere Tage auf der Insel verbrachten. Ich begleitete den Tross zum Flughafen, dessen kurze Start- und Landebahn auf einem Plateau ins Meer hinaus reichte, wie eine Abschussrampe. Ich wollte ein paar abschließende Fotos machen. Vor der Verabschiedung – die meisten würde ich erst wieder im beginnenden Winter in völlig anderer Adjustierung und Umgebung sehen – kam Lea noch auf mich zu und zog mich resolut am Ärmel meiner Jacke ein Stück von den anderen weg, sodass wir außer Hörweite waren. »Pass auf«, flüsterte sie mir zu, »ich sag dir jetzt noch was, aber behalte es unbedingt für dich, denn davon braucht vorläufig niemand was zu wissen. Also, ich habe Phil Aurora gefragt, ob er eine Art persönlicher Betreuer für mich werden möchte. Ich habe das Gefühl, dass er meine Blockaden lösen könnte und ich mit ihm aus meiner Krise herausfinde. Er hat noch nicht zugesagt, mir aber versprochen, es sich bis nächste Woche zu überlegen, da haben wir einen Treffpunkt in Wien ausgemacht. Was sagst du, das wär' doch eine tolle Sache, nicht?«

»Allerdings wäre es das«, erwiderte ich betont zurückhaltend. »Davon bin ich wirklich sehr überrascht«, log ich, »aber ich halte es auch für eine gute Idee. Ich kann mit ihm sprechen, wenn du willst.«

»Ja, bitte, das wäre super.« Sie zappelte wie ein kleines Mädchen mit den Füßen und drückte mir, ehe ich es mir versah, je einen Kuss auf die linke und einen auf die rechte Wange. Fast wäre ich rot geworden. Instinktiv sah ich mich um, ob uns wer gesehen hatte, aber wir waren inmitten eines Pulks von Urlaubern, deutlich separiert vom Rest der Truppe, die sich im vorderen Teil der Abflughalle ausgebreitet hatte.

Einen Tag später sprach ich Phil darauf an. Wir saßen auf dem kleinen Balkon vor seinem Appartement und hatten einen Single Malt am Tisch stehen. Die Zikaden konzertierten in der einsetzenden Dämmerung und ein paar Hunde schlugen in weiter Entfernung an. Aber Phil war nicht nach Idyll: »Ich hasse Griechenland, es besteht nur aus Sand, Wasser und Ouzo«, schnaubte er, bevor er einen kräftigen Schluck nahm. »Wenn man die Meridiane, die nicht nur im Körper, sondern analog auf der Erde existieren, in dieser Gegend energetisch testet, kommt dabei Blasenmeridian in schwerer Imbalance heraus. Das heißt, alles geht den Bach runter.«

»Und Österreich?«, fragte ich neugierig.

»Gallenblasenmeridian, auch nicht in Balance, daher kommt die generelle Entscheidungsschwäche, diese Scheinneutralität in allem und jedem. Schwaches Holzelement, kein Wachstum.«

»Deutschland?«

»Auch schwaches Holz, Lebermeridian. Schnelle Wut, viel Aggression, dann wieder feig und depressiv.«

»Amerika?«

»Herzmeridian in schwerer Imbalance. Lauter falsche Gefühle. Zu viel Feuer, kein Respekt.«

»Gibt's auch Länder in Balance?«

»Ja, natürlich, asiatische vor allem. Thailand zum Beispiel. Herzmeridian in Balance. Warmherzig, offen, freundlich, daher fühlen sich Europäer und Amerikaner dort auch so wohl.«

»Vor allem die Männer«, sagte ich, wollte aber den Bogen allmählich in eine andere Richtung spannen. »Welche Meridiane sind denn bei der Lea Vogl aus dem Lot, der kleinen blonden Skiläuferin?«

»Einige, das spüre ich sofort, kann aber nicht genau sagen, welche, das müsste man austesten.«

»Wie ich höre, habt ihr euch für nächste Woche verabredet.«

»Ja, das stimmt. Sie hat mich auch gefragt, ob ich ihre Betreuung im Winter übernehmen will.«

»Und? Mit balanciertem Gallenblasenmeridian bist du sicher ein Mann der schnellen Entscheidung.«

Er lachte. »Im Grunde schon. Ja, ich will, muss aber erst schauen, wie sich das mit meinen übrigen Terminen vereinbaren lässt. Saskia ist von der Idee nicht sonderlich angetan. Vorsichtig ausgedrückt. Sie meint, ich lasse mich da auf ein ungewisses Abenteuer ein, ein unkalkulierbares Risiko. Aber genau das reizt mich. Ich bin immer offen für neue Anforderungen. Nur so kommt man weiter. Außerdem bin ich davon überzeugt, dass ich etwas für die Kleine tun kann. Sie hat mir von ihren Schwierigkeiten erzählt – und ich ahne schon, was es sein könnte. Sie ist klug und lernwillig, also beste Voraussetzungen.«

Dann machte er eine Pause, streckte sich gähnend durch und setzte sich betont aufrecht auf den nicht sonderlich bequemen Holzsessel.

»Andererseits brauche ich Saskia. Sie organisiert alles für mich. Ich bin – und das sage ich gar nicht gerne – ein wenig von ihr abhängig. Ohne ihre Hilfe kann ich keine Kurse machen, sie hat alle Daten und die gesamte Verwaltung über. Ich brauche mich nur aufs Unterrichten konzentrieren.«

»Würdest du in dieser Zeit überhaupt weiter unterrichten, wenn du Lea betreust?«

»Schon, denn das ist ja keine komplett ausfüllende Tätigkeit. Es sei denn, ich müsste sie ständig begleiten.«

»Würdest du auch das tun?«

»Ich glaube schon. Die Aufgabe lockt mich.«

Ich hielt ihm das halbvolle Glas hin – und er stieß mit seinem klirrend dagegen. »Die Energie möge fließen. Prost!«

8

So einfach, wie wir uns das vorgestellt hatten, ging es aber nicht. Lea und Phil trafen sich zwar in Wien und kamen schnell überein, gemeinsame Sache zu machen. Er sollte ein spezielles Programm für sie entwickeln, von Ernährung über Bewegungstraining bis hin zu Mentalübungen, und ihr auch während der Saison möglichst oft zur Verfügung stehen. Diese Lösung bedurfte allerdings der ausdrücklichen Zustimmung des Skiverbandes, auch wenn Lea ihren Privatbetreuer selbst bezahlte. Und diese Zustimmung blieb aus. Sowohl Tom Schwaiger als auch der Verbandspräsident legten sich quer, als Lea mit ihrem Ansinnen an sie herantrat. Es komme gar nicht in Frage, dass sich eine Läuferin einen derart unqualifizierten Privatbetreuer zulege, beschieden sie unisono, ohne sich auf eine weitere Argumentation überhaupt einzulassen. Aber Lea ließ nicht locker, wie sie mir in einem Telefonat mitteilte: »Die wollen mich ruinieren, diese Arschlöcher«, sagte sie wutentbrannt. »Kann ihnen doch völlig egal sein, mit wem ich privat trainiere, so lange ich an den offiziellen Kursen teilnehme. Aber sie fürchten um ihren Ruf, bezeichnen Phil Aurora als Scharlatan und Guru, mit diesen Leuten wollen sie nicht in einem Boot sitzen, die Herren Fein. Dann haben sie mir so auf väterlich zugeredet: dass ich mich in Acht nehmen soll, dass ich derzeit in einer Krise stecke und man da leicht auf Verführer hereinfalle. Sie würden mir auch einen Psychologen beistellen, wenn mir nach seelischer Unterstützung sein sollte. Aber die können mich doch mal ...«

Daraufhin hörte ich ein paar Sekunden nichts, dann leises Schniefen. »Was soll ich denn jetzt machen?«, fragte sie mit verzagter Stimme.

»Schwer zu sagen«, war das Einzige, was mir einfiel. Und es war nicht einmal gelogen. »Vielleicht hättest du vorerst gar nichts sagen sollen.«

»Aber das geht doch nicht. Sie hätten es sofort rausbekommen. Außerdem möchte ich offen dazu stehen. Ich möchte keine Geheimnisse. Wo leben wir denn?!«

»Hast du Phil schon informiert?«

»Ja, der hat so was vorausgeahnt. Er meinte zu mir, dass der Schwaiger, so wie er ihn erlebt hat, sicher nicht zustimmen werde. Der hat ihn damals derart hasserfüllt angesehen, bei der Demonstration in Griechenland, dass er seine ganze angemaßte Autorität nutzen wird, um jeglichen Kontakt zwischen ihm und mir zu unterbinden.«

»Und was schlägt er nun vor, der Herr Prophet?«, fragte ich ein bisschen ungeduldig.

»Dass ich mich selbst entscheiden muss. Wissen muss, was ich wirklich will. Notfalls ...«, und da wurde ihre Stimme wieder brüchig, »aus dem Skiverband austreten.«

»Das würdest du tun?«

»Ach, ich weiß nicht«, schluchzte sie in den Hörer. »Im Moment weiß ich gar nichts. Außer, dass mir alles zu viel wird. Aber so weitermachen wie bisher mag ich auch nicht. Eine Scheißsituation.«

Dieser treffenden Diagnose war nichts hinzuzufügen. Auch ich fühlte mich elend – und schuldig. Schließlich hatte ich sie dahin gebracht. Ich hätte sie jetzt wieder gerne in die Arme genommen, fest an mich gedrückt, was zwar an der gesamten Lage nichts geändert hätte, aber ein bisschen was an meiner eigenen. Stattdessen musste ich mich Esther gegenüber rechtfertigen, die mein Manöver schon bald nach Lyra durchschaut hatte.

»Da hast du ja was Schönes angerichtet«, sagte sie vorwurfsvoll. »Hast Phil auf diese Sporttussi angesetzt. Und der ist noch blöd genug, darauf hereinzufallen. Hätte ich mir nicht gedacht von ihm. Auch Saskia ist entsetzt. Sie sagt, sie kenne Phil nicht wieder. Seit Griechenland sei er wie ausgewechselt, fasle was von einer neuen Karriere. Die Kleine hat ihm den Kopf verdreht. Das ist alles.«

»Blödsinn«, entgegnete ich trotzig, »ihr seid nur eifersüchtig, weil er sich nicht mehr ausschließlich um eure Wohlstandsneurosen kümmert, sondern einmal eine echte Herausforderung sucht.«

»Da redet genau der Richtige. Was soll denn das für eine Herausforderung sein? Dass die Kleine halt wieder ein paar hundertstel Sekunden schneller ist? Tolle Leistung. Dafür braucht sie aber wirklich keinen Phil Aurora. Der ist zu Höherem berufen. Nur leider hört er das im Moment nicht, ist ganz benebelt von dem Gesang der kleinen Sirene. Dem müsste man wie Odysseus Wachs in die Ohren träufeln. Stattdessen bindest du ihn auch noch los, damit er in sein Verderben rennen kann.«

»Netter Vergleich, Frau Professor. Nur ist die Sache viel einfacher, nämlich keine griechische Tragödie, sondern eine österreichische Farce. Da will jemand wen unterstützen – und schon legen sich die Behörden quer. Das ist der Punkt, nicht wer wem den Kopf verdreht. Ich glaube übrigens, deiner sitzt auch schon ein bisschen schief.« Dabei sah ich sie skeptisch von der Seite an.

»Danke fürs Kompliment, aber das liegt wohl an deiner schiefen Optik.« Dann warf sie die Tür zu.

Nachdem ich unleugbar in die Sache verstrickt war (wenn auch nicht im antik-mythischen Sinne), beschloss ich, selbst aktiv zu werden. Ich rief den Verbandspräsidenten an, einen an sich besonnenen Mann, mit dem ich bisher ganz gut zu Rande gekommen war. Er war Orthopäde an der Innsbrucker Universitätsklinik und hatte im Laufe seiner Tätigkeit schon viele Kreuz- und Seitenbänder verunfallter Skisportler operiert. Er kannte also die meisten seiner Schäfchen von der Hüfte abwärts besonders gut, war mit ihren Gelenksapparaten oft mehr vertraut als mit ihren Gesichtern. Seine ärztlichen Fähigkeiten und sein guter Ruf in Sportlerkreisen hatten ihn bis an die Spitze des Verbandes geführt. Es war in Zeiten eines Zwistes verschiedener Fraktionen, als man an ihn mit der Bitte herantrat, Präsident zu werden. Man hoffte anscheinend, ein Mann, der gerissene Bänder in solch virtuoser Weise zusammenflickte, würde auch divergierende Interessen vereinen können. Er selbst zierte sich eine Zeit lang, ließ sich aber von einigen Politikern überreden und nahm das Amt schließlich an, das er nun bereits drei Jahre inne hatte. Und seitdem war der Verband tatsächlich wieder geeint. Mit dem Herrn Doktor legte sich keiner an, wohl auch aus Angst, eines

Tages bei ihm buchstäblich unters Messer zu kommen. Dr. Firn – auch der Name war für einen Skipräsidenten wie geschaffen – trat in der Öffentlichkeit selten auf; wenn doch, dann mit wenigen ausgewählten Sätzen. Er verstand sich als Mann der Taten, nicht der Worte. So rief ich Dr. Firn also an, um ihn vorsichtig zur Causa Vogl zu befragen.

»Lieber Herr Redakteur«, kam er mir gleich jovial entgegen, »ich bin in der Sache Vogl voll informiert, aber in keiner Weise kompromissbereit. Wie ich höre, sind Sie mit dem Herrn, den unsere Lea gerne als Privatbetreuer hätte, bekannt, deshalb möchte ich Ihnen persönlich nicht zu nahe treten, aber für uns kommt dieser Herr Anders, so heißt er ja, glaube ich, nicht in Frage.«

»Andere Läufer haben doch auch ihre Privattrainer, wenn ich nur an den Ferdinand, das ›Kraftmonster‹, erinnern darf. Wird da Ihrerseits nicht mit zweierlei Maß gemessen?«

»Nein, so kann man das nicht sehen. Der Betreuer vom Ferdinand ist ein ausgewiesener Sportfachmann ...«

»... mit seltsamer Vergangenheit in der ehemaligen DDR ...«

»Was immer Sie damit andeuten wollen, man hat diesem Trainer nie irgendetwas nachweisen können, schon gar nichts Kriminelles. Er leistet hervorragende Arbeit, wie man an den Erfolgen des Ferdinand eindeutig sehen kann. Dieser Herr Anders hingegen hat keinerlei Qualifikation. Er ist ein Autodidakt, ein Esoteriker. Dem kann ich als Mann der Wissenschaft nicht zustimmen – und als Präsident erst recht nicht.«

»Was vergebt ihr euch dabei? Wenn die Lea wieder erfolgreich wäre, fiele doch auch etwas für euch ab?«

»Nicht auf diesem Wege. Dass sie mit solch dubiosen Methoden, wie sie dieser Herr vertritt, wieder an ihre einstigen Erfolge anschließen wird können, ist eine kühne Hypothese, werter Herr Redakteur. Auf diesen Versuch mag ich es unter meiner Obhut nicht ankommen lassen. Das müssen Sie schon auch verstehen.«

»Aber unter dem Schwaiger wird nie mehr was aus ihr. Der zermürbt sie.«

»Ich habe bemerkt, dass es da das eine oder andere Verständigungsproblem gibt. Aber ich stehe voll hinter dem Damencheftrainer. Er ist verantwortlich – und daran haben sich die Läuferinnen zu halten. Ob er ihnen sympathisch ist oder nicht, spielt keinerlei Rolle. Und dass die Lea Vogl keine einfache Person ist, wissen wir alle. Sie hat ihren eigenen Kopf, mit dem sie anscheinend partout durch die Wand will. Soll sie, aber nicht mit uns.«

»Wie kann es dann weitergehen?«

»Im Grunde ganz einfach: entweder sie beugt sich unserer Entscheidung und trainiert weiterhin mit der Mannschaft – oder sie beharrt auf ihrem Entschluss, dann muss sie sich einen neuen Verband suchen. Übrigens, Herr Kollege, dieses Gespräch bleibt am besten unter uns. Ich glaube nicht, dass es klug wäre, jetzt damit an die Öffentlichkeit zu gehen, obwohl ich natürlich zu allem stehe, was ich gesagt habe. Trotzdem, Sie verstehen?«

Ich verstand. Es war auch in meinem Interesse, darüber nichts zu veröffentlichen. Allmählich begann ich zu ahnen, was in dieser Sache alles auf mich zukommen könnte. Und es kam auf mich zu. Schon wenige Tage später.

Lea provozierte bei der nächstbesten Gelegenheit, einem Trainingstag auf dem Gletscher, einen offenen Disput mit dem Damenchef. Darüber, welche Ausdrücke dabei wirklich fielen, gab es hinterher unterschiedliche Auskünfte. Die Läuferinnen wollen hauptsächlich fachliche Kritik gehört haben, die Trainer eher deftige Beschimpfungen. Leas finale »Machosau« entging freilich niemandem, so bemüht konnte man angeblich gar nicht weghören, dass einem diese halblaut gezischte Unflätigkeit entgangen wäre. Und mit diesem Kraftwort, das sie – wie sie mir später gestand – durchaus berechnend und zielgerichtet verwendet hatte, war die Frage von Leas Zukunft entschieden. Sie war vom Team suspendiert. Mit sofortiger Wirkung.

Damit blieben ihr zwei Möglichkeiten: den Rennsport beenden – oder für eine andere Nation starten. Und genau das wollte sie tun, wenn ihr auch zu diesem Zeitpunkt keineswegs klar war, für welches Land. Ziemlich unbekümmert meinte sie, es werde sich schon eines finden. »Notfalls trete ich halt für Kärnten an«, äußerte sie in einer Mischung aus Naivität und Trotz. Aber so weit war man in dem politisch aufmüpfigen Bundesland noch nicht, dass man sich sportlich separieren wollte. Die arrivierten alpinen Nationen scheuten vor einem absehbaren Konflikt mit dem starken österreichischen Verband zurück, obwohl die Deutschen, die eine schwache Technikerinnentruppe hatten, Lea gerne als Verstärkung gesehen hätten, aber auch sie trauten sich nicht. Eine Rennlizenz war auch daran gebunden, dass die Läuferin in irgendeinem Verhältnis zu dem Land stand, für das sie antrat.

Der Konflikt war natürlich auch ein mediales Thema – und ich geriet dabei in eine besondere Zwickmühle. Einerseits wollte man von mir in der Zeitung einen möglichst objektiven Bericht über die Vorfälle lesen, andererseits attackierte man mich in der Redaktionskonferenz heftig, nachdem ich eine von den anderen Blättern leicht abweichende Version veröffentlicht hatte. Ich hatte lediglich von Unstimmigkeiten geschrieben, die zum Rausschmiss Leas führten, ihre Beschimpfung des Trainers aber nicht wortwörtlich wiedergegeben. Die Konkurrenz tat freilich genau das. Sie ließen die (Macho-)Sau sozusagen voll heraus, ein Blatt gleich im Titel. Darunter ein Foto von Lea, auf dem sie besonders wild und aggressiv aussah. Solche Abbildungen gab es zur Genüge; ich hätte das hübsche mit der herausgestreckten Zunge aus Olympia im Fundus gehabt, mich aber für ein unverfängliches entschieden, auf dem sie inmitten ihrer Kolleginnen bei einer Siegerehrung stand. Text darunter: »Ein letztes Gruppenbild. Nach ihrem Rausschmiss aus dem Team muss Lea Vogl (2. v. l.) zukünftig eigene Wege gehen. Aber wohin?«

»Sind wir uns für solche Ausdrücke wohl zu fein, Herr Redakteur!«, donnerte der Ressortchef in der Konferenz und schmiss mir das »Sau-Blatt« auf den Tisch. »Wir müssen es ja nicht unbedingt im Titel haben, es aber in der ganzen Geschichte auszusparen, ist schon ein starkes Stück. Alle haben's, nur wir nicht.«

»Ich dachte halt ...«, setzte ich zaghaft zu einer Rechtfertigung an. »Denken ist schon schlecht«, unterbrach mich der Boss sogleich, »damit kommt man nie weit. So etwas sagt einem der Instinkt. Die Sache macht doch sonst keinen Sinn. Wegen so genannter ›Unstimmigkeiten‹ fliegt doch niemand aus dem Team. Alle wollen wissen: was hat sie gesagt, dass die so heiß sind? Schließlich hat sie es ja laut genug gesagt, fast geschrien, wenn man der Konkurrenz glauben darf. Aber bei uns heißt so was ›Unstimmigkeiten‹. Ich sage dir jetzt auch eine Unstimmigkeit ins Gesicht: ein Idiot bist du, ein fester noch dazu.«

Erfahrungsgemäß waren solche Ausbrüche bei ihm nicht allzu ernst zu nehmen, er hatte jeden zweiten Tag einen in der Art, und sie blieben auch meist folgenlos. Trotzdem war mir mulmig zumute. Das war ja erst der Anfang. In den nächsten Tagen und Wochen würde die volle Hetzjagd gegen Lea losgehen – und wie sollte ich mich dann verhalten: Mitspielen? Zurückziehen? Gegensteuern?

9

Es wurde Chile. Der Botschafter des lateinamerikanischen Staates in Österreich hatte die Affäre rund um Lea mitbekommen und rasch reagiert. Zur allgemeinen Überraschung existierte tatsächlich ein Skiverband in diesem Land, das zwar Schnee in seinen höheren Regionen besitzt (den europäische Teams gerne im Sommertraining nutzen), aber bisher keinen einzigen Skisportler von Format hervorgebracht hat. Immerhin tauchen bei Weltmeisterschaften oder Olympischen Spielen immer wieder Chilenen im Grüppchen der Allerweltsexoten auf, die beherzt und mutig mit Stemmbögen die Pisten hinunterpflügen und dafür oft Minuten länger als der Rest brauchen – ein so wunderbarer wie verrückter Anachronismus in Zeiten von Hundertstel- und Tausendstelsekunden. Der Botschafter witterte nun plötzlich die Chance, dass sein Land im Winter zukünftig über diese periphere Lächerlichkeit hinaus ernsthaft sportlich aktiv werden könnte. Also kontaktierte er Lea und schlug ihr vor, in der kommenden Saison für Chile zu starten. Für eine Lizenz sei lediglich ein Zweitwohnsitz im Lande nötig – und den stelle man ihr unverzüglich zur Verfügung. Lea musste zu ihrer Schande eingestehen, dass sie gar nicht genau wusste, wo dieses Land, für das sie zukünftig Rennen fahren sollte, überhaupt lag. Aber ein rascher Blick in ihren Schulatlas und eine spontane Sympathie zu der seltsamen länglichen Form ließen ihr die Sache verlockend erscheinen. Daher entschloss sie sich nach einer eintägigen Nachdenkpause, diesem kuriosen Unterfangen näher zu treten – und erste Gespräche aufzunehmen, zu welchen sie auch Phil und Fridolin beizog.

Fridolin Schuster war jener Mann, der ihr den ersten Schliff als Rennläuferin verpasst hatte. Er war damals Trainer des Nachwuchskaders in Kärnten. Ihm hatte Lea ihre solide Grundtechnik in den technischen Disziplinen zu verdanken. Es war eine Art Geh- bzw. Laufschule des Rennsports, die Fridolin in den carinthischen Alpen aufzog. Eine ganze Reihe später berühmter und erfolgreicher Skiläufer war durch seine Hände gegangen. Einer allerdings allzu buchstäblich: Angeblich hatte Fridolin einen vorlauten Burschen mehrmals geohrfeigt, was zu einer hässlichen Kampagne in einer Regionalzeitung führte, die ansonsten nicht gerade durch sanfte humanistische Ausrichtung auffiel. Funktionäre, die hinter vorgehaltener Hand durchaus die »gesunde Watschen« propagierten, überboten sich in der Folge bei der Verurteilung solch »schwarzer Pädagogik«, und der Verband bedankte sich bei Fridolin für die stete Zufuhr an ausgebildeten Talenten schlussendlich mit einem Rausschmiss. (Ist eigentlich niemandem aufgefallen, dass seit damals kaum mehr Siegläufer aus diesem Bundesland kamen?) Fridolin verdingte sich danach als Skilehrer in den USA und war für einige Jahre auch Betreuer des kanadischen und neuseeländischen Skiteams, zwei von vielen Ländern, wo fachkundige Österreicher im Winter gerne gesehen werden. Lea hatte den Kontakt zu dem knorrigen Pionier, der nun auch schon hoch in den Fünfzigern stand, eine Zeit lang verloren, fühlte sich ihm aber nach wie vor zu großem Dank verpflichtet. Er war daher auch ihre erste Ansprechperson, als es galt, einen sportlichen Betreuer für ihren zukünftigen Alleingang zu finden. Und da er derzeit ohne festes Anstellungsverhältnis als eine Art Entwicklungshelfer in Sachen Skisport durch die Welt tingelte, sagte er sofort zu. Zu klären war lediglich, wer ihn bezahlen sollte. Auch deshalb wurde er zu den Verhandlungen in der Botschaft hinzugezogen. Man wurde sich schnell einig: die Chilenen finanzierten den Trainer, wohingegen Lea für Phil als ihren Privatbetreuer selbst aufkommen musste. Dank ihrer in den letzten Jahren erwirtschafteten Siegesprämien und Sponsorengelder konnte sie sich das durchaus leisten. Inwieweit ihre Verträge mit diversen Firmen nun als Solistin fortgeführt werden konnten, musste freilich noch geprüft werden, obwohl sich schon abzeichnete, dass außer der Ski- und Schuhfirma, die weiter mit ihr zusammenarbeiten wollte, alle anderen Ausrüster nicht mehr zur Verfügung stehen würden, da jene an den Skiverband gebunden waren. Ein Jurist, der den Gesprächen in der Botschaft ebenfalls beiwohnte, versprach, sich auch darum zu kümmern. In erster Linie arbeitete er aber die Verträge aus, die zu einer Rennlizenz und der Anerkennung des internationalen Skiverbandes führen sollten. Nach drei solcher Gesprächsrunden waren so gut wie alle Punkte geklärt. Lea würde tatsächlich zukünftig für den Andenstaat Skirennen bestreiten. Auch Phil hatte ihr zu diesem Schritt geraten. Gegen Chile war energetisch nichts einzuwenden (»Lungenmeridian in Balance, stärkt generell den Mut«, nickte er zufrieden).

Auch mich hatte Lea im Zuge der Verhandlungen um Rat gefragt. Ich sagte, dass ich sie mir gut mit solch einem grobwolligen Andenhäubchen vorstellen könne, damit sähe sie sicher sehr adrett aus, welche Bemerkung sie mit einem eher gequälten Lächeln quittierte. Ich bestärkte sie in ihrem Entschluss. Daran knüpfte ich allerdings die Bitte, mir als erstem Journalisten mitzuteilen, wenn alles fix unter Dach und Fach sei, damit ich diesmal mit einer exklusiven Meldung punkten konnte, was sie mir hoch und heilig versprach. Und so kam es dann auch. Einen Tag vor allen anderen Medien verkündete ich die Neuigkeit als Aufmacherartikel auf der Sportseite unseres Blattes (mit Ankündigung auf der Titelseite), womit ich mir ein wenig Respekt von Seiten des Ressortleiters zurückzugewinnen erhoffte. Der brummte lediglich verständnislos, als ich die Geschichte in der Konferenz ankündigte. »Chile, mein Gott, wie kommt man denn auf so eine Idee?«, fragte er mit einem Kopfschütteln, ohne den Anschein zu erwecken, darauf wirklich eine Antwort zu erwarten. Es kam aber eine. »Besser als Papua-Neuguinea«, sagte einer aus der Kollegenschar, »dann hätte sie sich womöglich die Lippen durchbohren lassen müssen – oder auf Radumfang vergrößern«, was er auch noch mit beiden Händen überdeutlich demonstrierte und dabei prustend los lachte. »Oder Persien«, meinte ein anderer, »dann müsste sie mit Schleier fahren, mit Skibrille überm Sehschlitz.«

»Apropos Schlitz ...«, hörte ich das größte Würschtel aus der Runde auch noch seinen üblichen Senf dazugeben. Ich ging in mein Büro, um den Artikel für die Abendausgabe rechtzeitig fertig zu bekommen. Ich hielt ihn bewusst sachlich, ohne irgendeine Wertung darin anklingen zu lassen. Mit dieser Zurückhaltung blieb ich freilich alleine. Einen Tag später ging das Gezeter in den anderen Blättern los. Vielen Kommentatoren kam die schnelle Einigung Leas mit Chile buchstäblich spanisch vor. Einige witterten darin sogar eine Form von Landesverrat. Man hätte ein generelles Startverbot über die renitente Läuferin verhängen müssen, forderten sie voller Entrüstung, denn wo kämen wir schließlich hin, wenn die Läuferinnen, sobald es ihnen bei uns nicht mehr passte, einfach irgendeinen Operettenstaat mit jenen Wintersportehren schmückten, die uns gebührten. Also eine Art von »Medaillenraub«, auch wenn dieser Ausdruck nicht direkt fiel. Viel fehlte nicht zu einer ernsthaften bilateralen Verstimmung zwischen den beiden Ländern, wobei die Chilenen zurückhaltend agierten. Die hierzulande gepflogene funktionalisierte Einbürgerungspolitik mit Kanadiern fürs Eishockeyteam und hurtig rotweißrot eingefärbten Chinesen für die Tischtennisvereine schienen die Schreiber in diesem Moment gesteigerter nationaler Erregung glatt vergessen zu haben. Mich packte eine außerordentliche Wut, als ich diese Phalanx an Kleinmut und Niedertracht am nächsten Tag zu Gesicht bekam. Andererseits konnte ich nicht viel dagegen tun, schon gar nicht dagegen anschreiben. Das wäre strategisch unklug gewesen – und der Chef hätte es sowieso niemals zugelassen. So erwog ich stattdessen ein Interview mit Lea, in dem sie sich gegen die Anwürfe wehren und ihre Beweggründe darlegen konnte. Aber sie wollte nicht. Als ich sie anrief, um ihr das Gespräch vorzuschlagen, gab sie sich ungewohnt zugeknöpft.

»Das bringt doch nichts«, sagte sie, »warum soll ich mich rechtfertigen? Die Antwort erfolgt auf der Piste. Auch Phil ist dagegen, dass ich öffentlich Stellung nehme.«

Von dieser Seite wehte also der Wind. Anscheinend hatte Phil auch das Medienmanagement seines nunmehrigen Schützlings gleich mit übernommen und ihr diesbezüglich Nulldiät verordnet, wie er, als ich ihn darauf ansprach, auch freimütig einbekannte. »Das bringt sie nur durcheinander, wenn man sie jetzt vor diese Meute wirft. Das schwächt sie auf allen Ebenen. Diese Frau muss zu Kräften kommen – und dazu muss sie komplett abgeschirmt werden von solchen Typen wie euch«, – dabei sah er mich provokant herausfordernd an, »sonst rinnt sie mir energetisch noch zur Gänze aus. Angriffen weicht man am besten durch Ignoranz aus, dann fallen sie auf die Aggressoren selbst zurück. Einfaches Gesetz. Nur wenn man die richtige Distanz zum Gegner hat, kann man kämpfen. Davon ist keine Rede. Lea hat viel zu wenig Distanz zu dem ganzen Geschehen. Derzeit kann man ihr nur helfen, indem man sie in Ruhe lässt. Das gilt auch für dich.«

Ich wollte sie aber nicht in Ruhe lassen, auch wenn mir mein Kopf sagte, dass Phil Recht hatte. Immerhin gewährte er mir Einblick in seine Pläne, die er mit ihr in nächster Zeit umzusetzen gedachte. Zuerst einmal wollte er einen Ort finden, wo sie ungestört arbeiten konnten, er hatte da schon eine kleine Seminarpension im Auge, die er von seinen Kursen kannte. Da die Rennsaison erst in mehr als zwei Monaten begann, brauchte Lea einstweilen kein gesondertes Schneetraining. Mit dem musste sie erst im Oktober beginnen, und da hatte Fridolin Schuster schon Termine mit den Kanadiern vereinbart, zu denen er immer noch enge Kontakte pflegte und zu welchen sich Lea für ein paar Trainingseinheiten gesellen durfte. Denn die Österreicher ließen sie auf ihren bevorzugten Pisten sicher nicht mehr trainieren. Das Wort »Österreicher« sagte Phil derart feindselig preußisch, dass ich in diesem Moment unwillkürlich Solidarität mit meinen Landsleuten empfand.

»Und was sagt Saskia zu all dem?«, frage ich, um nun ihn ein bisschen zu schwächen. Phil zögerte aber nicht lange mit der Antwort. »Sie ist natürlich nach wie vor nicht begeistert, aber da kann ich ihr nicht helfen. Wir haben vereinbart, dass ich einige Kurse abseits dieses Engagements halten werde – und dafür steht sie organisatorisch weiterhin zur Verfügung. Für Lea rührt sie freilich keinen Finger. Das wäre aber auch zu viel verlangt.«

»Esther schnauzt mich deswegen auch schon an.«

»Pure Eifersucht. Sie fürchten akuten Aufmerksamkeitsverlust. Lasse dich davon nicht beunruhigen. Männliche Kraft ist Entscheidungskraft, wir sind die Bewegenden, nicht sie. Sie sind die Empfangenden, das hat die Natur nun einmal so eingerichtet. Kann man im ›I Ging‹ nachlesen, Kien und Kun. Aber die Frauen wollen die Prinzipien gerne umdrehen, darum gerät alles durcheinander, in den Beziehungen, in den Familien, in den Schulen, in allen Bereichen. Und die Männer wehren sich nicht einmal dagegen, spielen das falsche Spiel auch noch mit. Nicht mit uns!«

Mit mir schon, dachte ich. Diese gusseiserne Prinzipienerklärung, die mir eigentlich den Rücken stärken sollte (der in letzter Zeit wieder krummer geworden war), berührte mich unangenehm. Damit brauchte ich Esther nicht zu kommen. Solch ein Statement aus meinem Munde würde sie lediglich einen Lacher kosten. Nur kurios, dass dieses Pamphlet der Ungleichheit von ihrem »Meister« kam. Das hatte sie bisher anscheinend überhört. Aber wahrscheinlich hatte Phil es so ausdrücklich in seinen Kursen auch nie betont, denn bei neunzig Prozent Frauenanteil wäre das wohl nicht ratsam gewesen. Zugleich beschlich mich erstmals der Verdacht, dass das mit der Betreuung Leas durch ihn vielleicht doch keine gute Idee war. In gewisser Weise war sie von einem Macho zum anderen übergewechselt, mit allenfalls unterschiedlich gewichtetem »Sau«-Anteil.

Aber ich ließ mir meine Nachdenklichkeit nicht anmerken, blätterte stattdessen geschäftig in meinem Kalender, weil wir einen Termin in rund einem Monat vereinbaren wollten, zu dem ich ihm und Lea einen Besuch im bis dahin geheimen »Trainingslager« abstatten durfte. Diese Zusage konnte ich ihm immerhin abringen. Die nächsten drei Wochen hatte ich sowieso keine Zeit und war auch fast andauernd unterwegs: zuerst bei der heuer extrem spät angesetzten Leichtathletik-Weltmeisterschaft in Rom und danach bei zwei auswärtigen Qualifikationsspielen des Fußballteams für die Europameisterschaft im kommenden Jahr. Diese Ereignisse überlagerten in den Medien auch rasch die aufgeflammte Affäre rund um Lea, besänftigen vorerst die Emotionen. Aber das Thema, das wusste ich nur zu genau, war damit lediglich kurzfristig auf Eis gelegt. Spätestens mit den ersten Schneeflocken würde es wieder auftauen.

10

Kurz nachdem ich aus Brüssel vom letzten EM-Qualifikationsspiel unserer Fußballer gegen Belgien zurückgekehrt war (das mit einer knappen 0:1-Niederlage endete; womit für Österreich einmal mehr die Tür zur Teilnahme an der Europameisterschaft vor der Nase zugeschlagen war), reiste ich in jenen kleinen Salzburger Ort, in den sich Phil und Lea – und vorübergehend auch Fridolin – zwecks innerer Sammlung und äußerer Stabilisierung zurückgezogen hatten. Phil hatte mir schließlich die Adresse der abgelegenen Pension genannt, wohin er die beiden verfrachtet hatte. Es war ein hübsches Privatquartier, dessen Besitzer Phil schon mehrfach zu Wochenendkursen für Kleingruppen eingeladen hatte. Phil kannte also die Örtlichkeit gut und hielt sie für diese Mission auch für besonders geeignet. Es war nicht weit weg vom Kitzsteinhorn, wo Lea und Fridolin die eine oder andere Trainingssequenz auf Schnee einlegen konnten. Wobei es zwischen Phil und Fridolin, wie mir Lea gleich bei meinem Eintreffen erzählte, schon zu ersten Auseinandersetzungen gekommen war. Der altgediente Sportler war mit den Ernährungsplänen, die Phil für Lea ausgearbeitet hatte, überhaupt nicht einverstanden.

»Zum Frühstück gehört was Anständiges gegessen, sonst fehlt einem die Kraft für den ganzen Tag«, hatte

Fridolin gemeint, worauf Phil sofort zornig konterte: »So ein Blödsinn! Der Morgen ist die Zeit des Verarbeitens, Ausscheidens und Regenerierens, dabei gilt es den Körper zu unterstützen – und nicht sofort den nächsten Ballast hineinzustopfen. Eine Suppe, ein bisschen Tee, mehr braucht es nicht. Dazu energetisierende Übungen, die möbeln auf, nicht das Essen, das kostet nur Kraft.«

Fridolin hatte seinen Widerstand bald aufgegeben, nicht, weil ihn Phil überzeugt hatte, sondern weil er merkte, dass hier jegliches Argumentieren sinnlos war. Er wollte nicht streiten, aß aber selbst unbeirrt sein herzhaftes tägliches Frühstück, während die beiden wortlos (auch das eine Anordnung Phils, die Fridolin lachhaft fand – warum sollte man in der Früh nichts reden? »Weil es den Herzmeridian schwächt«, hatte Phil in für ihn unverständlicher Weise geantwortet) traurige hellbraune Misosüppchen löffelten. Und das Rauchen ließ er sich schon gar nicht verdrießen, obwohl ihm Phil auch dahin gehend ins Gewissen zu reden versuchte. »Ich rauch' seit dreißig Jahren«, hatte Fridolin geknurrt, »und schnauf' wie ein Zwanzigjähriger. Da lass' ich mir doch nicht sagen, dass mir der Atem fehlt. Und selbst wenn, ist das wohl noch immer meine Sache ...« Woraufhin Phil angeblich nur resignierend die Schultern gehoben haben soll: »Ach ja, die Sucht, die hat natürlich immer die stärksten Argumente. Da spricht die Neigung, nicht der Körper, die sitzt wie ein Vampir drin und braucht Stoff.« Da war es dann Lea zu bunt geworden: »Hört auf mit diesem kindischen Getue. Jeder macht, was er glaubt. Ihr müsst euch nicht einigen. Ihr müsst nur aufeinander Rücksicht nehmen – und sei es meinetwegen. Ich brauche euch nämlich beide, falls ihr das vergessen habt.«

Der Rauch verzog sich – ganz wortwörtlich, denn Fridolin frönte seinem Laster in der Folge nur mehr außerhäuslich. Und die beiden Männer respektierten einander nun immerhin soweit, dass jeder seinen Teilbereich an Leas Betreuung übernahm, ohne dem anderen ins Gehege zu kommen. Lea befolgte Phils Anweisungen, was Ernährung, Fitnessprogramm und gedankliche Einstellung anbelangte, exakt und diszipliniert. So schlürfte sie morgens nur Flüssiges und absolvierte kurz nach dem frühen Aufstehen schon eine einstündige Übungsfolge. Danach lief sie ein paar Runden im Freien, aß ein bisschen Obst und widmete sich anschließend einem rein sportlichen Training, das Kondition, Ausdauer, Kraft und Geschicklichkeit ausgewogen kombinierte. Das Mittagessen bestand aus Salaten, Gemüse, Kartoffeln und Reis, wobei sie dazu nichts trinken sollte, dafür aber viel Wasser den ganzen Tag über. Nach ein paar Verdauungsübungen und einem kurzen Spaziergang verordnete Phil ihr ruhige meditative Sitzungen, die die innere Alchemie balancieren sollten, den Geist beruhigen und den Willen stärken. Eine weitere zweistündige energetische Übungsserie füllte den Nachmittag, der mit einem frühen Abendessen, bestehend aus Kohlehydraten, Fleisch oder Fisch, abgeschlossen wurde. Getreide kam wenig auf den Tisch, am ehesten noch in Form von Reis und Nudeln, kaum Brot, gar kein Müsli oder Frischkornbrei: »Alles unverdaubar«, beschied Phil, »eine unsinnige Modeerscheinung von ahnungslosen Alternativlingen«. Milch und Zucker waren generell gestrichen, unter dem letzteren Verbot litt Lea besonders, da sie seit ihrer Kindheit eine leidenschaftliche Naschkatze war. Aber Phil kannte kein Pardon: »Süßigkeiten schädigen das Immunsystem, verpilzen den Darm und bringen den Kreislauf außer Kontrolle.« Auf meinen Einwand, dass dann jeder zweite Österreicher krank sein müsste, erwiderte Phil nur kurz: »Sind sie ja auch.« Auch Milch fand vor seinen strengen Augen keine Gnade, sie verschleime den Körper und behindere die Atmung. »Daran leidet dann wohl die andere Hälfte der Österreicher«, sagte ich. Er überhörte es.

Den Abend verbrachten sie meist getrennt, da Phil sich für eigene Übungen und Meditationen früh zurückzog (ich vermute, mit ein paar Fläschchen Single Malt). Lea saß oft noch mit der Familie des Hauses zusammen, die die Anwesenheit der prominenten Sportlerin nutzte, um einiges aus jener Welt zu erfahren, die sie nur aus dem Fernsehen kannte. Lea erzählte ganz gern aus ihrem Leben, blödelte und tollte aber noch lieber mit den beiden jungen Töchtern des Hauses herum – eine der wenigen Möglichkeiten für Ausgelassenheit in ihrem strengen Tagesablauf. Ob sie ihre Kolleginnen nicht vermisse?

»Nicht sonderlich, so erspar ich mir wenigstens die vielen Eifersüchteleien, die es in einem solchen Team gibt. Das glaubt ihr ja nicht, wie bösartig manche Weiber sein können. Und kindisch wird man natürlich auch, wenn man den halben Winter wie in einem Mädcheninternat gehalten wird. Echte Freundschaften sind da selten. Ich hab' mich immer eher mit den Mädeln aus den anderen Teams verstanden. Da ist der Konkurrenzdruck nicht so groß.«

»Hast du auch einen Freund?«, fragte die ältere der beiden Töchter schüchtern.

»No sicher«, log Lea. »So einen großen, dunklen Feschen, der ausschaut wie der Ricky Martin« (dessen schmachtendes Latino-Konterfei im Zimmer der Mädchen von den Posterwänden lächelte).

»Wow, und wann kommt der dich einmal besuchen?«, wollten sie nun, ganz zappelig geworden, wissen.

»Ach, der ist gerade auf Welttournee«, lachte Lea, »nein, ich muss euch leider enttäuschen, ich hab' gar keinen Freund. Das lässt dieser Sport einfach nicht zu. Man ist ständig unterwegs, hat überhaupt keine Zeit für so was. Da gibt's nur Sehnsucht, aber keine Erfüllung.«

Jetzt blickten alle traurig drein. Lea strich dem einen Mädel tröstend über den Kopf: »Keine Sorge, das kommt schon noch. Nach dem Ende meiner Laufbahn wird mich schon noch einer nehmen …«

Ich bemerkte, wie sich ein heftiges Nicken meiner bemächtigte, obwohl ich Lea dabei gar nicht direkt in die Augen schaute. Sie war nach wie vor sehr ansehnlich, auch wenn sie auf Grund der ungewohnten Ernährungsweise noch ein wenig abgenommen hatte. Vor allem zeigte sie hier praktisch ausnahmslos ihr Sonnengesicht, also dieses freundliche, offene Antlitz, das sich in den vergangenen Wintern so oft plötzlich grundlos verfinstert hatte. Auch Phil war diese Zweigesichtigkeit aufgefallen – und auch die Veränderung der Stimme und sogar der Stimmlage. »Wer ist dieser andere, dieser männliche Teil von dir?«, fragte er sie einmal geradeheraus. Natürlich wusste sie darauf keine Antwort, obwohl sie sich der Veränderung, die mit ihr bisweilen vonstatten ging, bewusst war. Also probierte Phil einen anderen Zugang, eine Mischung aus Rollenspiel und Aufstellungsarbeit, einer Methode, die bei der Rekonstruktion familiärer Probleme verblüffend wirksam war und in den letzten Jahren einen regelrechten Boom in der Psychotherapieszene erlebt hatte (was Phil selbst gar nicht recht war, wie alles, was auf breiterer Basis Zuspruch fand). Er ließ – im Gegensatz zur orthodoxen Methode, bei der Stellvertreter die Rollen übernehmen – Lea sich selbst spielen. Und stellte sie einmal strahlend lächelnd auf, dann – direkt gegenüber, quasi face to face – missmutig-verdrießlich. Sie sollte in jeder Stellung tief in sich hineinfühlen und dann sofort die Position wechseln und ihr Vis-a-vis, das sie sich nun freilich einbilden musste, betrachten. Wenn irgendetwas in ihr hochkam, seien es Gefühle, Gedanken oder Schmerzen, sollte sie es sofort mitteilen oder einfach rauslassen.

Da ich diesem Experiment selbst nicht beiwohnte, musste ich glauben, was mir die beiden hinterher erzählten; Lea jetzt noch voller Staunen, Phil wie immer im gefassten Dozententon, der selbst das Unglaublichste als Selbstverständlichkeit tarnt. Kurzum, Lea soll in der »männlichen Rolle« nach einigem Hin und Her heftig aufgestampft und mit tiefer Stimme skandiert haben: »Hör auf damit, hör auf damit. Ich will das nicht!« Phil riss sie sofort aus der Stellung heraus, in die andere hinein, und fragte sie eindringlich, wer das Gegenüber denn sei, sie solle einfach sagen, was ihr in den Sinn käme. Und da schluchzte sie plötzlich los: »Papa, Papa, lass mich doch bitte, bitte«, und sank vornüber auf die Knie. Phil hob sie auf: »Schau hin, schau genau hin, ist das wirklich dein Papa?!«, worauf sie tränenüberströmt still nickte. Damit war für Phil die Sachlage klar. Der Vater hatte sich auf nur magisch zu nennende Weise in ihr niedergelassen und eine Art Gegenzauber bewirkt.

Leas Vater war vor einigen Jahren auf tragische Weise verstorben, knapp bevor sie ausschließlich Rennläuferin geworden war. Und er war stets gegen diese Karriere gewesen. Lea sollte was Anständiges lernen und danach den Hof übernehmen, den er von seiner Mutter geerbt hatte. Aber Lea widersetzte sich den väterlichen Plänen, studierte, statt zu arbeiten, und wollte weiterhin unbedingt Skiläuferin werden. Verbieten wollte und konnte er es ihr nicht, aber bei jeder passenden – und unpassenden – Gelegenheit polemisierte er dagegen. »Wirst schon sehen, da wird nix draus. Und mit dreißig bist ein Krüppel, wirst nimmer hatschen können mit die ausgeleierten oder g'rissenen Bandeln im Knie.«

Als der Vater dann bei einem Traktorunfall ums Leben kam, war Leas Trauer zwar groß, andererseits stand nun der Rennkarriere niemand mehr im Wege, denn die Mutter hatte Lea hinter dem Rücken des Vaters stets in ihrem Vorhaben bestärkt. Die Erfolge, die sich alsbald einstellten, gaben ihr Recht und oft wünschte sie sich, dass der Papa ihre Triumphe noch erlebt hätte, die für sie nun doppelt zählten. Aber schon damals hatte sie manchmal seltsame Stimmungsumschwünge, Zweifel an sich selbst und der eigenen Bestimmung, ohne dabei ausdrücklich an den Vater zu denken. Sie hatte seinen Anteil einfach übernommen, quasi in der eigenen Seele konserviert – so zumindest erklärte Phil das psychische Phänomen. Das sei eine innere Loyalität zu den Eltern, gerade dann, wenn man sich ihnen äußerlich widersetze. Phil war auch davon überzeugt, dass der sportliche Abfall im letzten Jahr mit dieser Loyalität zu tun hatte. Der Vater, dem gegenüber Lea sich innerlich schuldig fühlte, bekam auf diese paradoxe Weise doch noch Recht, was die kindliche Seele in Lea zufrieden stellte; ein absurdes Ausgleichsphänomen, das in Familien oft über Generationen hinweg wirksam sein konnte. Deshalb sei der Erfolgsfaden gerissen (wenn schon glücklicherweise nicht die Bänder) und nicht etwa wegen fehlender Kräfte oder sportmotorischer Mängel. »Man verhindert sich immer selbst am besten und nachhaltigsten.« Phil sagte das alles so überzeugend, dass man gar keine anderen Lösungen mehr für möglich hielt.

Trotzdem war mir einigermaßen schwindlig, als ich das in dieser wunderlichen Kompaktheit vorgesetzt bekam. Schreiben konnte ich das nicht, so viel war sicher. Mein Chef würde mich endgültig für verrückt erklären, falls ich behauptete, Leas verstorbener Vater verhindere in gewisser Weise posthum den Erfolg seiner Tochter.

Auch die so genannte »Lösung«, die Phil mit Lea in einem Ritual durchspielte, war wohl der Öffentlichkeit – zumindest in unserem Blatt – nicht zuzumuten. Er gebot Lea, sich vor ihrem – durch lediglich ein paar Herrenschuhe symbolisierten – Vater mehrfach zu verneigen und Sätze zu sprechen wie: »Lieber Papa, gib mir deinen Segen. Meine Erfolge gelten auch dir und deinem Andenken.« Sinn dieser Übung war es, so Phil, »die väterlichen Anteile auf diese Weise zu respektieren und seelisch zu integrieren, damit sie nicht mehr auf solch hilflose, fast schizophrene Weise ausgedrückt und ausgelebt werden müssen. Das ist eine große Kraft, die wir von unseren Vorfahren, speziell unseren Eltern erhalten. Wenn man sich davon abschneidet oder sie kontraproduktiv einsetzt, verliert man sein größtes Kapital, wird schwach und depressiv. Nur mittels Versöhnung und bedingungsloser Liebe kann man diese Kraftquelle nutzen und fürs eigene Leben erschließen.«

Genug. Ich war von der Fülle des Gehörten überwältigt, aber auch ein bisschen übersättigt. Ich wusste noch nicht, wie ich meinen Bericht in der Zeitung anlegen sollte, verabschiedete mich aber jedenfalls nach zwei Tagen des Einblicks in dieses seltsame Geschehen, nicht ohne mir Sorgen um Lea zu machen. Am liebsten hätte ich sie mitgenommen. Hand in Hand. Stattdessen gab es nur einen Kuss auf die Wange – und die unliebsame Eröffnung: »Ach ja, das hätte ich fast vergessen. Vor drei Tagen hat mich ein Kollege von dir angerufen, Martin Struntz. Er hatte meine Handynummer. Er will eine Geschichte über mich machen, sagte er. Kann aber nicht herkommen, daher habe ich ihm ein bisserl was erzählt. Er hat mir aber nicht mitgeteilt, wann der Artikel erscheinen wird. Ich dachte mir, dass du es wissen solltest. Ich habe ihm übrigens auch gesagt, dass du dieser Tage vorbeischaust. Ich hoffe, das war kein Fehler.«

Vermutlich schon, aber ich machte mir trotzdem keine allzu großen Gedanken. Was sollte schon passieren, schlimmstenfalls würde er mit seiner Geschichte früher dran sein. Musste ich halt die bessere Story nachschieben.

Martin Struntz war Sportredakteur bei einem Wochenmagazin, das sich früher besonders kritisch und aufdeckerisch gerierte, die letzten Jahre aber zunehmend sanfter – manche meinten: zahnloser – geworden war. Es hatte, der bunten Leitillustrierten auf diesem umkämpften Markt folgend, einzelne Persönlichkeiten in den Mittelpunkt der Berichterstattung zu rücken begonnen, weg von den Verhältnissen, die früher noch, in einer Art später 68er-Nostalgie, als eigentlicher Fokus öffentlichen Interesses gegolten hatten. Martin schrieb also nun hauptsächlich Porträts nationaler und internationaler Sportgrößen, die er in einer Mischung aus menschlicher Annäherung und ironischer Distanzierung meist treffend in den Blick bekam. Wir beide hatten, so glaubte ich zumindest, ein gutes, jedenfalls ein unverkrampftes Verhältnis. Martin tauchte bei diversen Wettkämpfen und Veranstaltungen auf, wo er nach Sportpromis Ausschau hielt, die für seine Porträts in Frage kamen. Bei diesen Gelegenheiten hatten wir schon das eine oder andere Bier miteinander getrunken. Er war ein zurückhaltender Typ, der nicht viel von sich selbst preisgab, jedenfalls einer von der angenehmeren Sorte aus dem lautstarken, zur Selbstüberschätzung neigenden Haufen der Sportjournalisten. Nie hätte ich daher gedacht, dass ausgerechnet er mich eines Tages um meinen Job bringen würde.

11

Als ich die Redaktion nach meiner Rückkehr betrat, fiel mir sofort die angespannte Atmosphäre auf. Es war ungewöhnlich ruhig, alle taten sehr geschäftig, obwohl um diese Zeit kaum etwas los war, und benahmen sich auffällig unauffällig, was mich betraf. Als ich fragte, was denn los sei, wiesen sie stumm auf die Tür, die ins Zimmer des Sportchefs führte. Das verhieß nichts Gutes. Ich klopfte vorsichtig an und trat ein. Er saß vornübergebeugt an seinem Schreibtisch, auf dem links und rechts das Papier sich fast einen halben Meter hoch türmte, sodass nur dazwischen ein schmaler Ausguck frei blieb. Er sah kurz auf und warf mir wortlos das Magazin »Factum« hin.

»Was soll ich damit?«, fragte ich.

»Seite 54«, antwortete er.

Ich setzte mich auf den Plastikstuhl vor seinem Tisch und blätterte bis zur angegebenen Stelle. »Goldmaus und Guru«, stand dort in großen Lettern. Daneben ein Foto, auf dem Lea, Phil – und ich abgebildet waren, vor der Pension stehend. Der Bildtext darunter lautete: »Die zukünftig für Chile startende österreichische Skiläuferin Lea Vogl mit ihrem deutschen Privatbetreuer, dem obskuren ›Phil Aurora‹ (l.), und dem Einfädler der ganzen Affäre, dem Wiener Journalisten

Henryk Sieber (r.), vor dem ›Geheimquartier‹ im Salzburger Pinzgau.«

»Die haben einen Paparazzi auf uns angesetzt«, sagte ich empört, »anders kann ich mir dieses Foto nicht erklären«. Das Herz schlug mir bis zum Hals hinauf.

»Lies erst mal die ganze Geschichte«, wies mich der Boss an, ohne dabei von seinen Unterlagen aufzusehen.

Also las ich.

Goldmaus und Guru. Von Martin Struntz.

Die Anden liegen neuerdings im Salzburgischen. Im hintersten Pinzgau wird emsig am neuen chilenischen Sportwunder gebastelt. Die österreichische Skirennläuferin Lea Vogl (24), zweifache Weltcupsiegerin im Riesentorlauf und Slalom vergangener Jahre, soll zum Aushängeschild des südamerikanischen Wintersports umgeschmiedet werden. Auf Grund einer Disziplinlosigkeit beim heurigen Sommergletschertraining (angeblich, so wollen es Umstehende damals gehört haben, hatte sie den Trainer als »Machoschwein« beschimpft) war die gebürtige Kärntnerin, die in der letzten Saison einen schweren sportlichen Einbruch erlitten hatte, aus dem Team geflogen. Daraufhin hatte ihr der chilenische Skiverband (eine Art sportliche Postkastenfirma) »Exil« angeboten, das die Läuferin dankbar annahm. Findige Anwälte haben mittlerweile mit einem eiligst herbeigezauberten Zweitwohnsitz Vogls in der Nähe von Santiago eine Startberechtigung beim internationalen Skiverband bewirkt, was viele heimische Sportfans erzürnt. Einziger Trost: bei den kommenden Olympischen Spielen darf Vogl nicht antreten, denn dafür bräuchte sie die chilenische Staatsbürgerschaft; aber für

Weltcuprennen reicht der Pseudobezug zum Andenstaat. Und die Chilenen scheuen für ihren neuen blonden Star (der schon die Titelseiten schlüpfriger Gazetten vor Ort ziert, »Unsere Goldmaus«, »Ratita dorada« nennen sie ihren Import neckisch, siehe Abbildung unten) keine Kosten. Neben dem sportlichen Betreuer Fridolin Schuster, einem abgehalfterten Kärntner Haudegen, der vor Jahren das kanadische Skiteam betreut hatte, nachdem er zuvor nach einer Prügelorgie in einem Schülerheim als österreichischer Nachwuchstrainer abgesetzt worden war, hat man für Vogl nun sogar einen Guru engagiert. Der Mann, 53 Jahre alt, soll lange in den USA gelebt haben und nennt sich »Phil Aurora«, heißt aber tatsächlich Fritz Anders und ist gelernter Computertechniker aus Wuppertal (D). Er vertritt eine wirre, synkretistische Form von Esoterik, eine angebliche »Energielehre«; mit diesem Hokuspokus hofft Lea Vogl offenbar aus ihrer sportlichen und persönlichen Krise herauszufinden. Eingefädelt hat den Kontakt der Wiener Sportjournalist Henryk Sieber (36), der dem obskuren »Meister« privat nahe steht und, wie im Skizirkus hinlänglich bekannt, ein glühender Verehrer der hübschen Lea Vogl ist. Zuletzt hat er die beiden auch in ihrem für längere Zeit geheim gehaltenen Stützpunkt im Salzburgischen besucht (siehe großes Foto), wo Vogl und Anders ihr so genanntes Training abhalten.

Die deutsche Evangelische Informationsstelle für Esoterik und Sekten hat über »Phil Aurora« zwar bisher nichts Näheres in Erfahrung bringen können, warnt aber in jedem Fall vor solchen selbst ernannten Mentaltrainern und Heilern: »Vor allem junge Menschen werden mit losen Versprechungen geködert und oft abhängig gemacht. Der Guru ist eine Art Vaterfigur für sie. Die Methoden sind immer die gleichen: Eine meist wenig originelle Kombina-

tion aus Ernährungsratschlägen und Fitnesstipps, aufgemotzt durch eine hochtrabende Begrifflichkeit und den Verweis auf einen angeblichen ›Lehrer‹, der aus wolkigen, ätherischen oder astralen Ebenen her wirkt. Das Ganze wird mit ungeheurem Sendungsbewusstsein vermittelt.«

In diesem Zusammenhang muss an den Fall »Flükli« erinnert werden. Die Schweizer Tennisspielerin Verena Flükli, ehemalige Nummer sieben in der Weltrangliste, war vor einigen Jahren ebenfalls auf einen Guru hereingefallen, der ihr immense Erfolge versprach, wenn sie sich an seine Programme hielte. Ergebnis war, dass die Sportlerin radikal abmagerte, die Beziehung zu Eltern und damaligem Freund abbrach und nach wenigen Monaten im Ranking auf Platz 70 zurückfiel. Sie gewann kein einziges Turnier mehr. Für viele wirkte die knapp Zwanzigjährige damals »irgendwie abwesend, wie hypnotisiert« (so die österreichische Doppelpartnerin von Flükli, Babsi Knauer). Erst eine aufwändige Ausstiegsberatung, die die verzweifelte Flükli nach vielen Interventionen von Kolleginnen in Anspruch nahm, schaffte es, sie von dem Guru schließlich loszueisen. An ihre früheren Erfolge konnte sie freilich nie mehr anschließen.

Eine ähnlich böse Entwicklung befürchtet der österreichische Damencheftrainer Thomas Schwaiger im Fall Vogl. Er hatte das zweifelhafte Vergnügen, Herrn Anders im Sommer auf jener griechischen Insel kennen zu lernen, wo auch die heimischen Skistars heuer regenerierten (und sich »zufällig« auch Henryk Sieber befand!). »Der Mann ist ein Verrückter«, erinnert sich Schwaiger an eine Begegnung mit dem Guru, »er wollte uns neue Trainingsmethoden einreden – lauter Spinnereien. So sollen Sportler aufs Krafttraining verzichten, forderte er allen Ernstes und führte ein paar faule Zaubertricks vor, die die Überlegen-

heit seiner Theorie beweisen sollten. Ein Großmaul, sonst nichts. Es tut mir nur leid um Lea Vogl. Die läuft offenen Auges in ihr Verderben.«

Schwaiger, der im Skisport allseits als Mann mit Handschlagqualität geschätzt wird, wäre trotz der zahlreichen Angriffe, die Vogl in den letzten Jahren gegen ihn öffentlich geführt hatte, bereit gewesen, der Läuferin heuer noch eine Chance zu geben. »Aber als sie mich dann beschimpft hat, war der Ofen aus. So etwas kann man sich nicht gefallen lassen. Die Frau hat ihren Rückfall einfach nicht verkraftet. Sie war schon immer eine Schwierige, aber so arg wie in letzter Zeit war es noch nie. Sie hat noch frech gefordert, dass wir ihren Guru als Privatbetreuer akzeptieren. Also da war es dann wirklich vorbei mit unserer Toleranz. Daher waren wir gezwungen, uns von ihr zu trennen. Das Klima in der Mannschaft ist nun deutlich besser. Sie hatte auch schon versucht, die anderen Mädeln rebellisch zu machen.«

Auch Verbandspräsident Paul Firn ist über die Entwicklung der einstigen Paradeläuferin entsetzt: »Wir haben ihr sogar einen Psychologen angeboten, damit sie mit ihren offensichtlichen Problemen besser zurechtkommt, aber das hat sie großspurig abgelehnt. Nun hat sie sich an einen Mann gewandt, dem jegliche Seriosität fehlt. Eine Tragödie. Man kann nur hoffen, dass das kein schlimmes Ende nehmen wird. Ihre Startberechtigung für Chile werden wir übrigens noch einmal genau prüfen lassen.«

Die Einzige, die an der ganzen Sache nichts Besonderes findet, ist Lea Vogl selbst. »Ach ja«, gibt sie sich demonstrativ gelassen, »die sollen sagen, was sie wollen. Sie haben überhaupt keine Ahnung. Ich trainiere lediglich nach anderen, sanfteren Methoden als diesem ewigen Kraftgemeier, das nichts bringt außer hässliche Oberschenkel.« Wenn man sie auf Trainer Schwaiger anspricht, wird sie allerdings sofort fuchsteufelswild und spuckt Verunglimpfungen aus, die man besser nicht zitiert, will man der sowieso schon arg gebeutelten Sportlerin einen Zivilprozess ersparen.

In wenigen Wochen beginnt die neue Weltcupsaison. Man darf gespannt sein, wie oft die chilenische Hymne bei Siegerehrungen erklingen wird. Notfalls muss Lea Vogl sie selbst singen. Oder ihr Guru.

Ich warf die Zeitschrift wütend auf den Tisch.

»So ein Schwachsinn. Das ist ja unglaublich. Den ruf ich gleich an, diesen Struntz, dem hetzen wir die Anwälte auf den Hals. Das ist glatte Rufschädigung.«

»Gar nichts wirst du«, entgegnete der Chef.

»Was soll das heißen? Soll ich mir das auch noch gefallen lassen?«

»Nein, aber Tatsache ist, dass du in diese Sache hineingeraten bist, so oder so. Und das ist für uns natürlich ein Problem.«

»Wer ist ›uns‹?«

»Also, um nicht lange herumzureden: in erster Linie die Geschäftsführung. Die sind durch die Nennung deines Namens nervös geworden. Zwar wird unser Blatt nicht ausdrücklich erwähnt, aber jeder weiß, für wen du arbeitest, somit sind wir mitbetroffen.«

»Und daraus folgt?«

»Dass wir dich aus der Schusslinie nehmen müssen.«

Mein Gesicht verformte sich zu einem stummen Fragezeichen.

»Wir können dich nicht in deiner jetzigen Position belassen, das tut dir und dem Unternehmen nicht gut.

Ich kann dir eine Versetzung ins Internetressort anbieten.«

»Was soll ich dort?«

»Sport und Weltchronik betreuen.«

»Das ist doch idiotisch. Ihr geht vor denen in die Knie, merkst du das nicht?«

»Nein, davon kann keine Rede sein. Aber du kannst doch nicht leugnen, dass die Optik keine gute ist.«

»Wieso?«

»Kennst du diesen Guru?«

»Ja, er ist zwar, wie er selbst sagt, keiner, aber gut, ich kenne ihn.«

»Hast du die beiden bekannt gemacht, Lea und den Typen, was immer er auch ist?«

»Ja, aber ...«

»Nichts aber, damit ist die Sache schon gelaufen. Du kennst doch unser Geschäft. Da reimt man sich schnell was zusammen. Und die da ...«, er zeigte auf das »Factum«-Heft, »haben eben schon gereimt. Billige Verse, das gebe ich zu, aber das alleine ist es nicht, sie haben auch Fotos. Da kannst du nun behaupten, was immer du willst: du wirst in dem Zusammenhang schlecht ausschauen. Kämpfen hat wenig Sinn, da kommst du nur immer tiefer in die Scheiße hinein. Und vor allem darfst du schon gar nicht erwarten, dass irgendwer aus dem Haus mitkämpft. Die Typen zwei Stockwerke über uns haben die Hosen gestrichen voll. Die wollen unter keinen Umständen in negative Schlagzeilen geraten. Die haben keinen Bock auf einen Wickel mit dem Skiverband. Schon gar nicht wegen eines Mitarbeiters, der sich für eine Läuferin einsetzt, die in der Öffentlichkeit unten durch ist. Mir persönlich ist es völlig wurscht, was du mit der oder dem hast, von mir aus kann die Vogl auch fahren, für wen sie will. Aber ich zähle nicht. Glaube mir, es ist besser, dich vorerst von dieser Front abzuziehen. Und sei froh, dass du nicht überhaupt fliegst. Die Geschäftsführer haben auch das schon angedacht, aber da habe ich mich quer gelegt.«

»Danke.«

Mein Kampfeswille erlahmte.

»Ab wann soll die Regelung gelten?«

»Möglichst bald.«

»Das heißt natürlich auch, dass ich bei den Weltcuprennen nicht dabei bin?«

»Ja, das heißt es. Aber stell dir einmal vor, was los wäre, wenn du dort aufkreuzt. Du würdest ständig mit Vorwürfen konfrontiert werden, mit Gerüchten, blöden Sprüchen. Das kannst du dir doch nicht antun wollen. Abgesehen davon kämst du kaum zum Arbeiten. Nein, das macht keinen Sinn. Schau dir das lieber aus einer gesicherten Lage heraus an und warte ab, bis Gras über die Sache gewachsen ist.«

»Schnee von gestern« wäre der passendere Ausdruck gewesen, aber ich wollte den Boss nicht auch noch mit Spitzfindigkeiten verärgern. Immerhin hatte er mir wenigstens eine Stelle gesichert, wenn auch keine besondere. Das Internetressort verhieß Bergwerk: den ganzen Tag Daten schaufeln. Und zum Sport auch noch die Weltchronik dazu – also jenes illustre Ressort, in dem Meldungen wie »Nilpferd gebar Sechslinge im Zoo von Amsterdam« landen. Wahrscheinlich sollte ich die dann zukünftig online aufbereiten, also mit anderen kuriosen Mehrfachgeburten, »Brehms Tierleben im Web« und der Homepage des Wiener Zoos Schönbrunn »verlinken«.

Aber was blieb mir übrig, als auf das Angebot einzugehen? Ich hatte keine Wahl. Im Grunde war, auch wenn ich das öffentlich nie zugeben würde, so viel in dem Artikel nicht falsch. Die Basisinformationen stimmten, auch wenn sie zum Teil maßlos übertrieben waren. Ich, der Drahtzieher. Nicht einmal das war gelogen. Nie hätte ich freilich gedacht, dass es eines Tages so wo stehen würde, druckschwarz auf Hochglanzweiß. Aber dass mich Struntz vorweg nicht einmal kontaktiert hatte, ärgerte mich maßlos. Von einer Stellungnahme Phils ganz zu schweigen (die die Sache wahrscheinlich kaum besser gemacht hätte). Das widersprach jeglicher journalistischen Sitte. Aber wer gab heutzutage noch etwas auf Fairness, wenn es um einen vermeintlichen Skandal ging. Natürlich war der Struntz ein feiger Hund, darum hatte er mich nicht angerufen, und die Funktionäre werden ihm das heiße Gerücht schon mundgerecht serviert haben. Jedenfalls war er im unpassendsten Moment zum Aufdeckungsjournalismus zurückgekehrt, als dessen Opfer ich mich nun fühlen durfte. Ohne freilich mit Mitleid rechnen zu können. Nicht einmal von Esther. Sie meinte, dass ich mir das alles selbst zuzuschreiben habe. Kein Mensch hätte mir aufgetragen, die beiden, Phil und die »Sporttussi« (sie blieb unbeirrbar bei dieser Bezeichnung, nach dem Artikel mit der süffisanten Erwähnung meines »Verehrertums« erst recht), zusammenzubringen. Und das hätte ich ja unleugbar getan, da bräuchte ich nun gar nicht den Ahnungslosen zu spielen.

»Geschieht dir durchaus Recht, auch wenn ich es schade finde, dass Phil derart tendenziös dargestellt wird. Das hat er sich nicht verdient.«

»Ach ja, *er* tut dir also leid …«

»Er tut mir nicht leid, aber ich finde es bedauerlich, dass er in eine solche Situation geraten ist.«

»An der natürlich ausschließlich ich schuld bin. Aber frage dich einmal, über wessen Vermittlung ich den großen Meister kennen gelernt habe …«

»Was? Soll jetzt vielleicht ich noch an der ganzen Sache schuld sein? Das wäre ja noch schöner. Ich glaube, du spinnst komplett. Erinnere dich vielmehr daran, dass ich von Beginn an skeptisch war, was euer Interesse für die Sporttussi anbelangt. Die hat euch beide eingewickelt. Bei dir wundert's mich ja weniger, aber Phil hätte ich mehr zugetraut. Aber Mann bleibt sichtlich Mann, auch als ›Meister‹.«

»Sie heißt übrigens Lea Vogl.«

»Ja, weiß ich, passt eh gut, der Name.«

Esther war nun ordentlich in Fahrt gekommen. Sie hatte handtellergroße rote Flecken am Hals und im Gesicht. Und die feinen schwarzen Haare an der Oberlippe vibrierten. Ich fand sie eigentlich recht attraktiv in ihrer Rage. Blöderweise sagte ich ihr das auch. Daraufhin flog eine Vase in meine Richtung (keine allzu wertvolle, denn das hätte die Kunstkennerin in Esther nicht einmal in solch unkontrolliertem Zustand zugelassen). Ich konnte gerade noch ausweichen. Mit einem klirrenden Geräusch zerschellte das Gefäß an der Wand, wo es eine kleine Delle hinterließ. Keine Rigipswände bei impulsiven Ehefrauen!

»Apropos Namen«, warf sie mir noch eine schlimme Ankündigung hinterher, »kann sein, dass du deinen bald alleine wirst tragen müssen.«

Ich, noch ein wenig geschockt von der meteoritischen Vase, begriff zuerst gar nichts, aber schließlich zumindest so viel, dass es ein entschieden schlechter Tag für mich war.

Die nächsten waren nicht viel besser, denn der Artikel zog weite Kreise: Kollegen, Bekannte und Freunde riefen an, wollten wissen, ob was dran sei an der Geschichte. Da ich vom Rechtsberater der Zeitung die ausdrückliche Order erhielt, öffentlich zu der Affäre nicht Stellung zu nehmen, zog ich mich in ein trotziges Schweigen zurück, das natürlich wie ein Eingeständnis wirkte. Auch Lea rief an. Sie war reichlich erbost – und voller Schuldgefühle: »Sollen sie mich fertig machen, damit war zu rechnen, aber dass sie jetzt dich in die Mangel nehmen, finde ich unerhört. Das brauchst du dir nicht gefallen zu lassen.«

Also erklärte ich ihr, dass ich es mir recht wohl gefallen lassen müsse, da ich sonst bald meinen Job los wäre. Aber sie solle sich meinetwegen keine Sorgen machen, ich käme schon irgendwie klar, sagte ich bemüht mannhaft, wichtiger sei, dass sie an ihrer Linie festhalte und sich nicht verunsichern lasse.

»Ja, das sagt mir Phil auch, der die ganze Angelegenheit übrigens lachhaft findet.«

»Was findet er daran lachhaft?«

»Er hat sich köstlich amüsiert über den Bericht, vor allem über seine eigene Charakterisierung. Ich habe mich auch gewundert und ihn gefragt, ob er sich nicht ärgert über diese Verleumdungen. ›Ach was‹, hat er abgewunken, ›das tangiert mich überhaupt nicht. Was soll man von Journalisten schon erwarten?!‹«

Ja, was soll man von unsereins schon erwarten. Vielleicht ein bisschen mehr Mut, um auf ehrliche Fragen auch ehrlich zu antworten. Lea fragte mich nämlich noch, ganz leise und vorsichtig, ob wenigstens das mit dem glühenden Verehrertum in dem Artikel stimme. Und schon kam ich ins Stottern: »Na ja, das weißt du doch, dass ich dich immer für eine der sympathischsten Läuferinnen gehalten habe. Aber in dem Artikel ist alles so furchtbar übertrieben ...«

»So, so«, sagte sie nur leise.

Danach hätte ich mir am liebsten eine Ohrfeige verpasst. Aber auch dazu fehlte mir der Mumm.

12

Im Gegensatz zu früheren Jahren, als der Ski-Winter erst Anfang Dezember begann, mit dem traditionellen »Kriterium des ersten Schnees« im französischen Val d'Isere, startete die Saison nun bereits Ende Oktober in alpinen Gletscherregionen. Der Weltcup-Kalender war mittlerweile derart aufgeblasen und mit so vielen Rennen überfrachtet, dass man das Programm in zeitliche und geologische Randzonen erweitern musste. Und so ging es eben schon im Spätherbst los. In diesem Jahr mit zwei Riesentorläufen im Tiroler Ort Sölden, der sich um diese Zeit schon winterlich präsentieren konnte.

Ich war erstmals seit drei Jahren bei dieser Premiere nicht dabei. Ich lebte in der Verbannung, dazu verurteilt, die Rennen ausschließlich vor dem Bildschirm zu verfolgen. Als die ersten Bilder in mein kleines neues Büro flimmerten, überkam mich Wehmut. Ich war immer gerne zu diesen Eröffnungsrennen gefahren, wo sich der bunte Zirkus nach einem halben Jahr Pause wieder einfand. So sehr einen diese Großfamilie dann im Lauf des Winters, wenn es von einer Station zur nächsten ging, nerven konnte, so sehr freute man sich doch, sie beim ersten Zusammentreffen versammelt zu sehen: die Sportler, die Funktionäre, die Trainer, die Serviceleute, die

Agenten der Skifirmen, die Abgesandten der Sponsoren und sogar die Journalisten – alle mit ihren Eigenheiten und Zwistigkeiten, aber letztlich doch vereint und gebannt von einer gemeinsamen Leidenschaft, die alle spätestens dann erfasst, wenn die Rennuhr zu ticken beginnt. So saß ich denn vereinsamt in meinem Fernseh-Exil und starrte auf die mir so vertrauten Bilder, die wie Schatten von einem entrückten äußeren Geschehen in das Innere meiner Höhle fielen. In die Sportredaktion zwei Stockwerke höher, wo ich die Rennen mit den einstigen Kollegen gemeinsam verfolgen hätte können, wollte ich nicht gehen, da mich die meisten seit meiner »Delogierung« seltsam ansahen oder überhaupt mieden, als gehörte ich einer Sekte an. Da blieb ich lieber alleine, statt mir auch noch dumme Sprüche und Kommentare anhören zu müssen. Anlass dazu hätte es gegeben, denn Lea begann die neue Saison genauso, wie sie die letzte beendet hatte: mit einem Ausfall. Sie kam im ersten Durchgang gerade einmal zehn Tore weit, als sie in bedenkliche Seitenlage geriet, diese trotz akrobatischer Bemühungen nicht mehr korrigieren konnte und auf dem Skischuh abrutschte, an der nächsten, hübsch azurblau ausgeflaggten Torkombination vorbei. Alles noch vor der ersten Zwischenzeit, sodass nicht einmal eine Vergleichsmöglichkeit zu anderen Läuferinnen bestand. Der Fernsehkommentator, unterstützt von einer ehemaligen, selbst nur mäßig erfolgreichen Rennläuferin als Kosprecherin, konnte sich eine zynische Bemerkung nicht verkneifen. »Hat wohl noch nicht viel geholfen, das Spezialtraining der neuen chilenischen Sporthoffnung«, waren seine Worte, während die Fachfrau immerhin relativierend anmerkte, dass solche Fehler auf Grund der heutigen Fahrweise mit den extremen Schräglagen sehr leicht passieren könnten. Tatsächlich fielen erstaunlich viele Läuferinnen in diesem ersten Rennen aus, aber das half Lea auch nicht weiter – ganz im Gegenteil, hätte doch auf Grund der hohen Ausfallsquote die Chance bestanden, auch mit schlechterer Zeit einen Spitzenplatz zu belegen.

So musste ich einmal mehr Leas wenig erfreuliches Abschneiden medial verzeichnen, diesmal lediglich als Namen in der summarischen Auflistung aller gescheiterten und disqualifizierten Läuferinnen, denn in der Online-Ausgabe, die ich nun zu betreuen hatte, wurden nur die nackten Ergebnisse aufgenommen, lediglich ergänzt um den einen oder anderen knappen Bericht aus dem Zeitungsteil. Der Kollege, der mich bei der Berichterstattung vor Ort abgelöst hatte, ein junger Spund, der natürlich seine Chance witterte und sich mit großem Eifer ins Zeug legte, blieb wenigstens sachlich zurückhaltend, vermerkte Leas Ausscheiden nur in einer unkommentierten Randnotiz. Immerhin, und das war Lea sicher ein Trost (und mir offen gestanden auch), waren die übrigen Österreicherinnen ebenfalls nicht vom Glück verfolgt gewesen. Nur drei kamen überhaupt durch, die Beste auf Rang fünf. Die »Stockerlplätze« hatten sich zwei Französinnen und eine Italienerin geteilt.

Am nächsten Tag fand gleich das nächste Rennen statt, wiederum ein Riesentorlauf, weil sich das Gelände dafür am besten eignete und nicht speziell umpräpariert werden musste. Und wieder saß ich mit feuchten Händen vor dem Fernsehgerät, fühlte mich in besonders unpassender Weise für ein Geschehen verantwortlich, auf das ich keinerlei Einfluss nehmen konnte. Gerne hätte ich den Lauf Leas (und auch so manchen ihrer Konkurrentinnen) mit der Fernbedienung gesteuert. Aber die Bewegungen auf dem Bildschirm ließen sich nicht wie bei einer Spielkonsole von mir kommandieren, sondern gehorchten störrisch ihren eigenen kinetischen Gesetzen. Und jene schienen sich gegen Lea verschworen zu haben, denn nach einem ansprechenden ersten Lauf, in dem sie den zwölften Rang belegte, scheiterte sie im zweiten Durchgang neuerlich nach knapp einem Drittel der Strecke: diesmal mit einem klassischen Einfädler. Es hob sie, wie gleich zwei Mal hintereinander in Zeitlupe gezeigt wurde, kurz vor dem Tor leicht aus, was den einen Ski auf Abwege brachte und in der Folge auf die falsche, nämlich die Innenseite der Torstange lenkte. Glücklicherweise öffnete sich die Bindung sofort, was Lea wenigstens eine unangenehme Verletzung ersparte, wenn sie schon frühzeitig in den Schnee musste. Sie blieb auch gar nicht lange darin liegen, rappelte sich rasch hoch und warf den einen Skistock, den sie gerade zuvor erst aufgehoben hatte, wieder zu Boden. Eine deutliche Geste der Erzürnung, wie auch der TV-Kommentator schlagfertig erkannte – nicht ohne unnötig hinzuzufügen, dass »Chile weiterhin auf den ersten Weltcuppunkt seiner Geschichte wird warten müssen.« Die Ausbeute Österreichs war aber auch nicht üppig, erreichten die rotweißroten Läuferinnen doch auch am zweiten Tag nicht mehr als einen achten und einen vierten Platz, was im eigenen erfolgsverwöhnten Land einer empfindlichen Niederlage gleich kam. Obwohl es mir für die einzelnen Läuferinnen Leid tat, dass ihre Leistungen nicht überzeugender ausfielen, erwischte ich mich doch bei einer klammheimlichen Freude über ihr schwaches Abschneiden, das Cheftrainer Schwaiger vor den Mikrofonen der TV-Reporter mühsam schönzureden versuchte. Es sei erst der Anfang der Saison, wiegelte er ärgerlich ab, daher brauche man nicht gleich in Krisenstimmung zu verfallen, wenn es diesmal nicht ganz so geklappt habe, wie sich manche das vielleicht vorgestellt hätten. Seine saure Miene ließ erkennen, dass er wohl selbst zu diesen Optimisten gezählt hatte. »Die Form unserer Läuferinnen ist auf den Saisonhöhepunkt, die Olympischen Spiele, hin ausgerichtet. Bis dahin haben wir noch genug Zeit, kleine technische Mängel auszumerzen und unsere Mädchen wieder an die absolute Spitze heranzuführen. Andere, die vor der Saison den Mund voll genommen haben, sind ja auch noch nicht so weit, wie man sieht.« Sprach's und ging ab. Damit hatte er wohl Lea gemeint, mit dieser hingerotzten Bemerkung. Leider stimmte sie, da Lea tatsächlich so weit noch nicht war. Sie war so gut wie nirgendwo.

Was man im Fußball gerne Trainereffekt nennt, wenn neue Betreuer gleich zu Beginn für Umschwünge sorgen, war hier unübersehbar nicht eingetreten. Ich war enttäuscht – ein bisschen auch darüber, an ein derartiges Wunder überhaupt geglaubt zu haben. Aber schließlich war ich in die Sache verstrickt, fiel auch mein eigenes Ansehen mit dem Fallen dieser Läuferin. Und daher stand mir ein bisschen übertriebene Hoffnung schon zu. Wie sehr ich mit den Erfolgen und vor allem Misserfolgen Leas assoziiert war, zeigten mir die Reaktionen der Kollegen am Gang, als sie mich die Tage darauf entweder herausfordernd mitleidig ansahen oder weniger einfühlsam mit dem Daumen nach unten zeigten. Diese Geste wusste ich auf gleicher Ebene nur mit einem anderen, zentraleren Finger zu beantworten …

Wenigstens zu Hause blieb mir weiterer Hohn erspart, da Esther für zwei Wochen auf einer Kunstmesse weilte. Die von ihr verursachte Delle an der Wand hatte sie hinter einem billigen Kunstdruck versteckt, einem kitschigen Stillleben mit Blumen und Vase. So viel Humor besaß sie immerhin noch. Wie übrigens auch noch meinen Namen. Aber derzeit sprachen wir nicht einmal darüber, dass wir nicht mehr miteinander sprachen.

Auch Lea, die ich erst in der Woche nach den Rennen anrief, als sie wieder im Pinzgau trainierte, war der Humor nicht vergangen; jedenfalls war sie wegen der beiden Ausfälle nicht entmutigt. »Ach was, blöde Fehler halt, wie sie einem immer wieder passieren. Ich muss mich einfach besser konzentrieren. Phil entwickelt gerade ein paar Visualisierungen, die mir dabei helfen sollen. Das Gefühl in dem einen Durchgang war nicht so schlecht. Das wird schon noch – ich spür's.«

Ich hätte ihr nur zu gerne gesagt, was ich gerade spürte, als ich ihre Stimme am Telefon hörte, war aber wieder einmal viel zu ängstlich, nein, viel zu vernünftig – so viel Selbstachtung brachte ich gerade noch auf, mir meine Zurückhaltung als Vernunft einzureden. Abgesehen davon hatte ich, was ihre nahe sportliche Zukunft anbelangte, kein gutes Gefühl. Aber auch das behielt ich für mich.

Leider sollte ich mit meinen Vorahnungen Recht behalten. Denn auch die nächsten Rennen zeigten keinerlei Formanstieg. Der Weltcup-Tross zog knapp zwei Wochen nach der Tiroler Premiere nach Übersee weiter, in die USA und nach Kanada, wo bei den Damen neben den schnellen Disziplinen, also Abfahrt und Super-G, die Lea weiterhin konsequent verweigerte, auch zwei Slaloms stattfanden.

Zu diesen transatlantischen Bewerben war ich schon früher nie mitgereist, weil die Kosten für diese Ausflüge der Geschäftsführung unserer Zeitung zu hoch waren. Da es in den letzten Jahren auch von diesen Rennen Fernsehübertragungen gab, war es in jeder Hinsicht sinnvoller, billiger und vor allem bequemer, zu Hause zu bleiben, als kreuz und quer durch die Rocky Mountains zu jetten. Herumfahren musste man den Rest des Winters sowieso noch genug. Ich heuer freilich nicht mehr, was eine Art Loch vor mir aufriss, eine seltsame Leere, von der ich noch nicht wusste, wie und womit ich sie füllen sollte. Zwar wurde einem auch das Herumzigeunern in den Wintermonaten schnell lästig, andererseits hatte man dadurch eine fixe äußere Struktur, einen Zeit- und Reiseplan, der einen von individuellen Entscheidungen und Vorhaben, die ja auch anstrengend sein können, entlastete. Man war in gewisser Weise gut aufgehoben in diesem Raster, wie in einem Schulstundenplan. Nun lag dieser Winter jungfräulich vor mir, ohne Termine, ohne inneralpine Reiserouten, stundenlange Auto- und Busfahrten, ständiges Ein- und Auschecken in Hotels und Pensionen, weiche Betten, laute Nächte, kalte Zimmer, harte Eier, flauen Magen, rasendes Herz, krummen Rücken. Im Grunde war man als Sportreporter in einer ähnlichen Situation wie ein Ethnologe, der – wie ein gewitzter britischer

Vertreter dieses Fachs einmal einbekannte – gut 98 Prozent seiner Forschungen damit zubringt, sie überhaupt zu ermöglichen. Auch wir waren den Großteil der Zeit damit beschäftigt, die Bedingungen unserer Arbeit erst einmal herzustellen. Die paar Zeilen zu schreiben, irgendwann, irgendwo, war der geringste Anteil an diesem vazierenden Leben – und auch der geringste Aufwand.

Eigentlich sollte ich also froh sein, diesem Wahnsinn entronnen zu sein, mir endlich wieder einen ruhigen, angenehmen Winter gönnen zu können – aber ich war es nicht. Mir fehlte jetzt schon der Nervenkitzel, die pulsierende Unruhe, die mich spätestens im Dezember erfasste, wenn es mit dem Wanderleben losging. Außerdem langweilte mich die neue Aufgabe im Internetressort. Ich fühlte mich zu einem Ergebnis- und Tabellensklaven degradiert, zu einer Art digitaler Teppichknüpfer, der jeden Tag ein paar Knoten aus dem Web zusammenzieht, damit ein Netz tragfähiger Informationen entsteht. Journalistisch war die Sache höchst unbefriedigend, unkreativ und obendrein ganz an das Medium gebunden und ich somit an den Bildschirm gefesselt. Diese Verkümmerung und Verkrümmung meiner Tätigkeit machte sich auch in meinem Kreuz bemerkbar, das wieder chronisch zu schmerzen begann. Also erinnerte ich mich an Phils Exerzitien, die ich allmählich hatte einschlafen lassen. Nun turnte und visualisierte ich wieder eifrig – allerdings diesmal mit nur mäßigem Erfolg.

Ein ebenso mäßiger Erfolg war Lea bei den Überseerennen beschieden. Beim Slalom in Copper Mountain kam sie zwar erstmals in dieser Saison durch, aber nur auf den enttäuschenden 17. Platz. Ihre gesamte Fahrt war sichtbar von der einzigen Strategie bestimmt, nur ja nicht wieder auszuscheiden. Sie umrundete die Tore, statt direkt auf sie zuzufahren – und summierte mit diesen Vorsichtsmaßnahmen einen satten Rückstand von über vier Sekunden auf die schwedische Gesamtsiegerin (mit wiederum nur zwei weiteren Östereicherinnen im Klassement, 6. und 11.). Vier Tage später, beim Slalom von Squaw Valley, wieder das alte, trostlose Bild: Ausfall im ersten Durchgang bei zwar schlechten äußeren Bedingungen (man sah die Läuferinnen in einem Mischmasch aus Nebel und Schneefall nur schemenhaft), aber daran alleine wird es sicher nicht gelegen haben, dass Lea schon wieder darnieder lag.

Ich machte mir die Mühe und suchte im Internet nach chilenischen Sportseiten, die ich mir von einem sprachkundigen Kollegen übersetzen ließ. Einige Medien hatten tatsächlich Vertreter zu den Rennen entsandt, um wohl bei allfälligen ersten Triumphen live dabei zu sein. Die Enttäuschung war den vielfach blumigen Berichten daher deutlich eingeschrieben, als es nicht mehr zu vermelden gab als das fortgesetzte Scheitern der vermeintlichen »Goldmaus«. Goldesel war sie schon gar keiner, denn immerhin war es auch eine finanzielle Frage, da die Reise- und Aufenthaltskosten von Lea und Fridolin, der die Reise im Gegensatz zu Phil mitgemacht hatte, vom chilenischen Verband übernommen worden waren, woran die Zeitungen schon vorwurfsvoll erinnerten. Es war eben vielleicht doch keine gute Idee, in eine chronisch aus der Form geratene Skiläuferin zu investieren, sprach ein chilenischer Kommentator den aufkeimenden Missmut in ökonomischer Metaphorik an, wenn sich nicht einmal sportliche Dividenden aus dieser fremdländischen Aktie lukrieren ließen. Diese Betonung der Herkunft ließ erahnen, dass es bei fortgesetzter Erfolglosigkeit mit dem Willkommensein Leas im Andenstaat nicht mehr weit her sein würde. Aber vermutlich beschäftigte sie das selbst zur Zeit am wenigsten.

Auch mich interessierte mehr, was Phil eigentlich zu der ganzen Sache zu sagen hatte. Wie zuvor erwähnt, war er dieser Reise fern geblieben und stattdessen irgendwo in Deutschland abgetaucht, wo ihn Saskia, die nicht locker ließ und ihn schon gar nicht zur Gänze an die sportliche Konkurrentin frei gab, zu einem Seminar vergattert hatte. Auch sein Handy hatte sie anscheinend in Besitz genommen, da jedenfalls ihre Stimme erklang, nachdem ich seine Nummer gewählt hatte. Ich könne ihn erst am späteren Abend erreichen, beschied sie mir knapp und brüsk. Da schwang unüberhörbar wieder der spöttisch-abschätzige »ach ja, der Gatte«-Ton mit, mit dem sie mich bei unserer Erstbegegnung begrüßt hatte – und den sie in der Zwischenzeit nie ganz abgelegt hatte, mit zureichender Berechtigung, wie sie wohl selbst fand, immerhin hatte sich mein Auftauchen auf ihre offenkundigen Pläne mit Phil nicht gerade vorteilhaft ausgewirkt. Aber sei's drum, Frau Kartoffel sollte ihre knollige Nase ruhig hoch tragen, so konnte sie ihr wenigstens nicht herunterfallen. Mir hingegen fiel fast die Kinnlade herunter, als Phil, den ich spätabends endlich erreichte, gar nicht wusste, wie das letzte Rennen für Lea ausgegangen war. Und noch mehr empörte mich, dass es ihn nicht einmal sonderlich interessierte.

»Ich bin hier im Moment so beschäftigt, dass ich für nichts anderes einen Kopf habe. Ich muss zentriert und ganz bei mir sein, danach kommt wieder alles andere.«

»Verzeihe, aber ich dachte eigentlich, dass du ihr Betreuer bist ...«

»In gewissem Sinne schon, lieber Henryk, aber das heißt nicht, dass ich andauernd für sie da bin – und schon gar nicht, dass ich für ihre Ergebnisse verantwortlich bin. Die interessieren mich nur in eingeschränktem Maße – im Gegensatz zu euch, die ihr an dieser Oberfläche klebt. Ich betrachte Lea tiefer, umfassender, mit anderen als leistungsorientierten Augen. Daher weiß ich, dass sie derzeit andere Prioritäten hat, als Rennen zu gewinnen. Das wird sich ändern, zu gegebener Zeit, wenn bestimmte Systeme wieder in Balance sind.«

»Lässt sich damit noch in dieser Saison rechnen?«

»Ach, das sind so typische Reporterfragen. Aber ich gebe dir trotzdem eine Antwort: Sie wird dann erfolgreich sein, wenn es ihr gleichgültig ist, ob sie es ist oder nicht. Aber so weit ist sie noch nicht. Sie will zu viel.«

»Soll das heißen, dass sie keinerlei Ambitionen mehr haben soll, keinen Siegesehrgeiz?«

»In gewisser Weise könnte man es so ausdrücken.«

»Verzeihe, aber das ist doch absurd. Die, die derzeit gewinnen, wollen doch auch alle gewinnen. Denen ist es keineswegs egal, ob sie als Erste oder Letzte durchs Ziel fahren. Also warum funktioniert es bei ihnen – und bei Lea nicht?«

Phil lachte auf. »Das ist eine gute Frage, die amüsiert mich. Wenn die Welt so einfach wäre, wie du damit andeutest, also alle einfach das erreichten, was sie wollen, dann sähe das Leben anders aus. Die Zusammenhänge sind viel komplexer. In gewisser Weise erreichen wir alle, was wir wollen, aber jeder auf andere Weise: der eine direkt, der andere indirekt, manchmal linear, manchmal auf Umwegen. Wer weiß allerdings schon, was er wirklich will? Viele Wünsche sind nur Neigungen, kleine billige Süchte nach Anerkennung oder Aufmerksamkeit. Damit gewinnt man vielleicht Skirennen, aber nicht einmal das auf lange Sicht. In diesem Sinne kann Verlieren der tiefere und sinnvollere Lebensweg sein. Wir müssen diese Wege erspüren und erkennen, das ist höchste Klarheit.«

»Also so ganz klar ist mir das nicht. Aber wahrscheinlich ist mir diese hohe Stufe der Erkenntnis noch nicht zugänglich. Vermutlich sollte ich mich auch von der kleinlichen Vorstellung befreien, dass man im Sport einen Spezialbetreuer wählt, um besser zu werden. Anscheinend wählt man ihn, um schlechter zu werden. Das ist die höchste Wahrheit.«

Wieder lachte Phil. »In gewisser Weise ist das gar nicht so dumm, was du da sagst. Aber du musst einmal deine eigenen Emotionen klären, bevor du dich in solch einen trüben Sinn fasst. Da sprechen ungeklärte Gefühle aus dir, der Lebermeridian scheint wieder aus dem Gleichgewicht zu sein. Da kann ich dir ein paar Übungen empfehlen ...«

Also darauf war ich nun wirklich am wenigsten erpicht. Auch war mir nach diesem Gespräch mehr nach einem klaren Schnaps als nach jenem klaren Gefühl, das Phil mir entlocken wollte. Mit Alkohol konnte ich das Vernommene besser verdauen als mit einer blitzblank gescheuerten Seele. Also holte ich mir eine Ration glasklar gebranntes Obst, mit der Wahl des Alkohols gleich eine deutliche Zäsur zum von Phil favorisierten Whisky setzend. Mir war in jeder Hinsicht nach Abstand. Wobei mich gar nicht so sehr der Inhalt seiner Rede ärgerte. Das klang im Grunde nicht so unvernünftig, was er da sagte, auch wenn ich mich anfänglich dagegen sperrte. Dass ein überzogener Siegeswille oft zu den genau entgegengesetzten Resultaten führt, ist im Sport keine unbekannte Weisheit. Von den Skispringern vernimmt man derlei Einsichten nach jeder zweiten Konkurrenz, wenn sie sich öffentlich selbst bezichtigen, einfach zu viel gewollt – und deswegen versagt zu haben. Wobei Skispringen eine von vielen Unberechenbarkeiten und Paradoxien durchzogene Sportart ist, sodass hier eine derartige Antilogik angebrachter scheint als in anderen Disziplinen, die – wie etwa der alpine Skilauf – nach einfacheren Gesetzen funktionieren. Vielleicht wirken die Skispringer auch deshalb in der Persönlichkeitsentwicklung von allen Wintersportlern am weitesten fortgeschritten, auch wenn ihr bubenhaftes Äußeres oft einen anderen Eindruck erweckt. Sie sind so etwas wie die Zen-Meister von den sieben Schanzen; vor allem ehemalige Aktive machen nach der Karriere oft noch erstaunliche intellektuelle Sprünge.

Nein, diese Gedanken störten mich nicht. Es war die emotionale Unbeteiligtheit, mit der sie serviert wurden, die mich aufregte. Es ging ja schließlich nicht um irgendwen, sondern um Lea Vogl. Um LEA. Um jene Lea, die sich Phil voll und ganz anvertraute, und zwar eindeutig mit dem Ziel, sportlich von ihm zu profitieren. Und da tat der Kerl nun einfach so, als ginge ihn das alles gar nichts an. Als sei er eine Art Supervisor ihres Lebens, eine höher gestellte Instanz, die von oben herab entscheiden könne, was in ihrer Existenz Sinn mache – und was nicht. Diese angemaßte Autorität ging mir gegen den Strich, und die damit einhergehende Illoyalität, die sich darin ausdrückte, noch mehr. Er wurde ja schließlich dafür bezahlt, Hilfeleistungen zu erbringen, Ratschläge zu erteilen, zu Diensten zu sein, aber sicher nicht dafür, den Lebensweg eines Menschen gegen dessen Willen zu beeinflussen. Und genau dieses Gefühl hatte ich nun gewonnen; das war meine klarste Empfindung. Er wollte Einfluss auf ihr Leben nehmen, sie einer wie auch immer gearteten Bestimmung zuführen, als Retter ihres inneren Wesens fungieren. Also doch ein Guru. Natürlich ärgerte ich mich auch über mich selbst, über mein Unvermögen, diese Entwicklung nicht schon früher erkannt und unterbunden zu haben. Aber vielleicht war es dafür noch nicht zu spät. Wenn ich den Kontakt zwischen den beiden schon hinterrücks eingefädelt hatte – in diesem Punkt war dem »Factum«-Bericht ja nicht zu widersprechen –, dann musste es doch auch möglich sein, in die Gegenrichtung zu wirken, den Kontakt wieder aufzulösen. Ich musste mir also etwas einfallen lassen. Denn wenn hier wer Einfluss nahm, das war mir nach dem dritten Obstler mehr als klar, dann war das ich!

13

Auch der Dezember, mit dem die Rennsaison in Europa voll einsetzte, verlief für Lea in den nun schon gewohnten Bahnen: Ausfälle und schlechte Resultate wechselten einander ab. Ein einziges Mal rutschte sie in einem Riesentorlauf unter die ersten Zehn, aber auch da nur mit viel Glück und auf Grund einer Sturzorgie im zweiten Durchgang, die das gesamte Klassement auf den Kopf stellte. Die Medien hatten jegliches Interesse an ihr verloren, und auch die Polemiken der österreichischen Skifunktionäre verstummten, da sich die einstige heimische Paradeläuferin nicht als die Gefahr entpuppte, als die sie sie wohl insgeheim eingeschätzt und gefürchtet hatten. Dann wären die Offiziellen nachträglich doch noch unter Druck geraten, hätten den Rausschmiss Leas aus dem Team immer wieder neu rechtfertigen müssen, denn die Medien, die damals am lautesten nach Konsequenzen geschrien hatten, wären bei überzeugenden Erfolgen Leas keineswegs verlegen gewesen, ihre Rückkehr zu fordern. Ich kannte die Launen unseres Gewerbes, die chronische Vergesslichkeit und die schnellen Wenden und Kurswechsel, wenn eine diffuse öffentliche Stimmung danach verlangte. Aber so konnten sich Trainer und Funktionäre bequem und ungefährdet im Lichte ihrer einstigen Entscheidung sonnen. Seht her, eine

Versagerin, die sich selbst um ihre eigene Chance gebracht hat! Aber nicht einmal das taten sie, da sie die meiste Zeit damit beschäftigt waren, die schwachen Leistungen des eigenen Teams zu kommentieren, das nicht und nicht auf Touren kommen wollte. Ein müder Winter zeichnete sich ab.

Doch dann geschah etwas Unvorhersehbares. Der Mannschaftsbus, in dem sich sechs Läuferinnen des A-Teams, der Damencheftrainer und der Technikcoach befanden, kam auf einem italienischen Alpenpass, kurz nach der Schweizer Grenze, auf Grund glatter Fahrbahn und überhöhter Geschwindigkeit von der Strecke ab und stürzte rund dreißig Meter einen Abhang hinunter, wo erst eine dicht gestaffelte Baumgruppe das Fahrzeug zum Stillstand brachte. Für die beiden Männer, die vorne gesessen hatten – mit Tom Schwaiger am Steuer –, kam jede Hilfe zu spät. Sie waren nicht einmal angeschnallt gewesen. Von den Mädchen überlebten alle, vier davon mit schweren Verletzungen, während zwei mit Brüchen und Schnittwunden noch vergleichsweise glimpflich davon kamen.

Der Unfall, der spätabends passierte, schlug wie eine Bombe ins nächtliche Fernsehprogramm ein. Ein Film wurde für die Meldung unterbrochen – und danach gab es in einer Sondersendung erste Bilder, die im unruhigen Staccato des Blaulichts von Polizei und Rettung schlangenartige Bremsspuren auf der Straße und Überreste einer Leitplanke erkennen ließen. Dazu ein paar gestammelte Worte eines sichtlich unter Schock stehenden Schweizer Autofahrers, der den Unfall aus unmittelbarer Nähe verfolgt hatte. Er war direkt hinter dem Bus gefahren – und somit der einzige Zeuge des Geschehens.

Auch ich saß aufgeregt vor dem Fernsehgerät, in der einen Hand die Fernbedienung, in der anderen das Handy, in ständiger telefonischer Konferenzschaltung mit Kollegen, um einerseits Neuigkeiten zu erfahren, andererseits Anordnungen für unser weiteres Vorgehen zu empfangen, da ich nicht wusste, ob wir das Unglück sofort in unseren Online-Dienst aufnehmen sollten. Natürlich sollten wir, dafür war dieses schnelle Medium schließlich da, ließ uns der Chef vom Dienst entnervt wissen. Also gab es eine Nachtschicht. Sogar die Zeitung schaffte es noch, ihre Titelseite zumindest für die Wiener Morgenausgabe zu mutieren und mit der traurigen Nachricht in 48-Punkt-Lettern aufzumachen (»Tragödie um Skiteam«).

Über Agentur erhielten wir eine Statistik der Unfälle, die Skisportlern und Funktionären in den letzten zwanzig Jahren weltweit zugestoßen waren. Es war eine Schreckensbilanz: fast zwanzig großteils schwere Unfälle waren aufgelistet, die meisten mit tödlichen Folgen. Also nahezu ein Unfall pro Jahr im Schnitt, was weit über jegliche Zufallswahrscheinlichkeit hinausging. Diese seltsame und auch makabre Häufigkeit war am Tag danach Mitauslöser einer heftigen Auseinandersetzung zwischen Lea, Phil und Fridolin, wie ich bald hörte.

Lea, die von dem Unglück am nächsten Tag in der Früh in Sestriere erfuhr, wo die nächsten Rennen hätten stattfinden sollen, war geschockt. Auch und vor allem vom Tod ihres einstigen Kontrahenten, des Damentrainers, der »Machosau«, welcher Ausdruck ihr nun sicher mehr Leid tat als zu Lebzeiten Schwaigers. Sie brach in Tränen aus. Anstatt das verzweifelte Mädchen in den Arm zu nehmen (was ich getan hätte –

und der gute alte Fridolin schließlich, seinem gesunden Instinkt folgend, auch tat), hielt Phil ihr einen belehrenden Vortrag. Selbst unbeeindruckt von den tragischen Vorfällen, verlangte er von ihr die gleiche Reaktion. Solche Unfälle passierten halt, das sei Schicksal, meinte er in kühler Distanz, damit beschäftige man sich am besten gar nicht lange. Man dürfe solche unfassbaren Ereignisse nicht willen- und kampflos zu nahe an sich heranlassen, sie schwächten nur die eigene Energie, rissen ein Loch in die feinstoffliche Schutzschicht. Man dürfe sich nicht von Gefühlen überwältigen lassen, die von außen kämen, aber nichts mit dem eigenen Lebensvollzug zu tun hätten. Dass es bei Skisportlern so eklatant oft zu Verkehrsunfällen komme, sei ihm natürlich auch völlig klar. Das sei einfach das gleiche Urprinzip, das sich darin zeige und abbilde. Wer sich dem Prinzip Geschwindigkeit verschreibe, dem begegne jenes auf allen Ebenen des Lebens, nicht nur auf einer. Was auf Skipisten noch halbwegs zu kontrollieren sei – oftmals nicht einmal dort –, das gerate im Straßenverkehr eben leicht außer Kontrolle. Das erkläre für ihn ausreichend, warum dieses Schicksal Skisportler so scheinbar unverhältnismäßig oft treffe.

An diesem Punkt, wie mir Lea später erzählte, sei Fridolin, der erst bei den letzten Sätzen dazu gestoßen war (und auch schon einen schweren Autounfall hinter sich hatte), das »Geimpfte aufgegangen«, wie er selbst sagte. »Jetzt halt aber deine Goschn«, fiel er Phil ins Wort. »Siehst doch, was du damit anrichtest. Das arme Mädel ist ganz verwirrt, blöd geredet von deinen Sprüchen. Die Unfälle passieren, weil wir wie die Idioten hin und her rasen, von einem Rennen zum nächsten, von einem Land ins andere. Dieser unverantwortliche Wettkampfplan ist der Grund, warum so viel passiert, und nicht irgendein Prinzip.« Bei letzterem Wort zeichnete er mit der Hand eine Spirale in die Luft und verdrehte dabei die Augen. Als Phil etwas erwidern wollte, unterband Fridolin auch das mit einer resoluten Handbewegung. »Lass uns doch in Ruh' und verputz dich.« Phil ging tatsächlich, worauf Fridolin die schluchzende Lea endlich in ansprechender, nein, in festhaltender Weise trösten konnte.

Die Rennen in Sestriere wurden aus Pietätsgründen abgesagt. Österreich hätte daran auch nur mit einem Miniteam teilnehmen können, da mit den sechs verunglückten Mädchen das Hauptkontingent der dafür vorgesehenen Läuferinnen im Spital lag. Das sickerte nach der Katastrophenmeldung erst nach und nach als erschreckende Folgetatsache ins Land, dass mit diesem Unfall praktisch das gesamte Technikerinnenteam ausgefallen war – und zumindest für diese Saison nicht mehr rekrutierbar schien. Neben vier reinen Abfahrerinnen, die diese Tour nicht mitgemacht hatten, waren – weil in einem anderen Fahrzeug unterwegs – nur noch drei Nachwuchsläuferinnen übrig geblieben, die heuer ihre ersten Erfahrungen im Weltcup sammelten. Und Lea. Aber die fuhr für Chile. Und dieser Umstand sorgte nun neuerlich für Aufruhr. Ein Blatt entblödete sich nicht, Lea als Nutznießerin des Unglücks hinzustellen. Nun sei der Weg für die »Landesflüchtige« frei, stand rotzfrech und anspielungsreich da – und dann noch als besonders perfide Unterstellung: »... Es ist schon seltsam, dass ausgerechnet jene Trainer bei dem Unfall ums Leben kamen, die der aufmüpfigen Läuferin am konsequentesten und beharrlichsten im Weg gestanden waren. Nun wollen wir ihr solche bösen Gedanken nicht zutrauen –…«

Natürlich wollten sie!

»… aber über ihren Guru und Wunderwuzzi schwirren so allerlei Gerüchte umher. Manche meinen, er könnte durchaus etwas mit schwarzer Magie zu tun haben. Bei solchen Leuten weiß man ja nie. Angeblich, so berichten Zeugen, habe ihn der Unfall keineswegs betroffen gemacht …«

Das war diesmal sogar Phil zu viel. Er erwog rechtliche Schritte gegen das Blatt. Da er bereits abgereist war, ließ er Lea per Fax mitteilen, dass er sich unter diesen Umständen derzeit nicht in der Lage sehe, die Arbeit mit ihr fortzusetzen. Von lauter Wahnsinnigen umgeben, sei selbst er in Gefahr, Schaden zu nehmen – und das sei in seinem Lebensplan nicht vorgesehen. »Näheres demnächst. Phil«, schloss die hurtige Depesche nüchtern. Was in Leas Lebensplan weiter vorgesehen war, interessierte ihn plötzlich weniger. Lea, die von der hässlichen Kampagne des Blattes betroffen war, wunderte freilich nichts mehr, daher auch nicht diese Treulosigkeit ihres Betreuers.

So kehrte sie, es war bereits knapp vor Weihnachten und somit sowieso eine zweiwöchige Rennpause angesagt, zu ihrer Mutter nach Kärnten zurück, um in Ruhe zu überlegen, wie es weitergehen sollte. Schon zwei Tage später besuchte sie ihre verletzten ehemaligen Teamkolleginnen in der Innsbrucker Universitätsklinik, wohin alle transportfähigen Mädchen überstellt worden waren. Ein Kamerateam war bei diesem Besuch zur Stelle und fing rührende Szenen gemeinsamen Umarmens, Küssens und Weinens ein. Bilder, die ihre Wirkung im gesamten Land nicht verfehlen sollten. Auch am Begräbnis der beiden verunglückten Trainer nahm Lea Teil, zwar nicht in der Abordnung des Skiteams, zu dem sie ja nicht mehr gehörte, aber doch in erkennbarer Nähe der offiziellen Delegation, der vorneweg der Bundeskanzler und die Sportministerin angehörten. Lea blieb im Hintergrund, wenn auch nicht unentdeckt. Als die Kamera sie kurz aus der Trauermenge in Großaufnahme herauspickte, bezeichnete der TV-Reporter sie pathetisch als »verlorene Tocher«, anscheinend vom Geiste der biblischen Gleichnisse inspiriert, die bei den Grabreden reichlich bemüht worden waren.

Verloren wirkte sie tatsächlich, als ich sie rund um den Jahreswechsel, den ich bei Kärntner Freunden verbrachte (Esther feierte mit Bekannten in Basel), in ihrem Heimatort besuchte. Der Unfall war ihr auch deshalb besonders nahe gegangen, erzählte sie mir offenherzig, weil ihr mittlerweile bewusst geworden war, dass sie selbst leicht mitbetroffen hätte sein können. »Wäre ich nicht aus dem Team geflogen, wäre ich sicher auch in dem Bus gesessen. Aber statt froh zu sein, dass mir dieses Schicksal erspart geblieben ist, fühle ich mich schuldig. Ich weiß, es klingt blöd, aber es ist so. Jetzt habe ich wirklich erstmals das Gefühl, als hätte ich mich feige davongeschlichten, einer moralischen Verpflichtung entzogen. Dass ich ungerechtfertigt verschont geblieben bin, macht mir mehr zu schaffen als alles andere.«

Ich verstand, was sie meinte.

»Ich trau's mir ja gar nicht zu sagen, aber ich läge jetzt lieber bei meinen Kolleginnen in der Klinik, als tatenlos hier zu sitzen.«

»Aber ist das nicht auch ein bisschen eine Flucht vor

der eigenen Verantwortung, eine – bitte versteh mich jetzt nicht falsch – allzu willige Bereitschaft, selbst Opfer sein zu wollen?«

»Du redest ja schon wie Phil! Aber wahrscheinlich hast du Recht. Aber mir geht halt in den letzten Tagen viel durch den Kopf, da kommen oft krause Gedanken und Gefühle hoch. Ich weiß schon: Gefühle klären, bevor man sie ausspricht, sich in einen Sinn fassen, bevor man loslegt. Phil hat mir das hunderte Male eingebläut. Aber ist das noch menschlich, frage ich dich ...«

Aber sie fragte es mich gar nicht, sondern setzte sogleich fort: »... man ist doch schließlich keine Maschine, kein Automat. Ich will manchmal unvernünftig sein, und mich dann auch als Opfer fühlen dürfen, wenn ich keines bin. Und ich will auch manchmal unklar sein. Ich bin schließlich keine Kläranlage.«

Bei diesem Vergleich musste ich lachen, obwohl ich ihn gar nicht lächerlich, sondern höchst treffend fand.

»Bei mir rennst du damit offen Türen ein.«

»Ja, ich weiß, entschuldige bitte, dass ich dir das alles umhäng. Ich weiß schon, dass es an eine andere Adresse gehörte, aber mir ist einfach gerade danach.«

»Kein Problem. Lass es nur raus, ich halte das schon aus. Aber weil wir gerade von ihm reden, hat sich Phil in der Zwischenzeit bei dir gemeldet?«

»Ja, er hat mich angerufen. Und sogar gesagt, dass ich und meine Situation ihm Leid täten. Hab gesagt, dass ich davon nicht viel habe – und mich von ihm im Stich gelassen fühle. Das wollte er natürlich so wieder nicht gelten lassen. Du kennst ihn ja: da kommen dann sofort seine üblichen Sprüche über Zentrierung und Erkennen, wann was zu tun sei. Für ihn sei es eben nun an der Zeit zu gehen, sagte er. Habe gesagt, dass ich ihn nicht aufhalten werde, aber dass ich von ihm enttäuscht bin und er sich damit nur über seine eigene Feigheit hinwegschwindle. No, mehr habe ich nicht gebraucht. Er und feig! Das sei ja eine völlige Verdrehung der Tatsachen. Ich sei feig, wenn ich mich so an ihn klammere und nicht loslassen könne. Und dann hat er sich groß damit gebrüstet, dass er eben kein Guru sei, wie man ihm immer vorwerfe. Denn ein solcher lasse seine Schäfchen nie los, mache sie vielmehr von sich abhängig. Davon könne bei ihm aber keine Rede sein. Er habe mich unterstützt – auch gerne unterstützt, wie er geschleimt hat –, aber nun sei ich stark genug, um wieder auf eigenen Beinen zu stehen. Stärker, als ich selbst glaube. Ich würde noch an seine Worte denken. Denn das sähe er als seine eigentliche Aufgabe an, Menschen zu sich selbst zurückzuführen, zu ihrem eigentlichen Selbst, was immer das auch heißen soll. Und so weiter und so fort. Ein Riesengeschwafel halt.«

»Das heißt im Klartext: er hat sich geschlichen.«

»Genau, du sagst es. Ich bin mir sicher, dass diese Saskia dahinter steckt. Der war ich von Anfang an ein Dorn im Auge. Und sie mir. Die hat ihn viel mehr in der Hand, als er gerne zugibt. Die braucht wahrscheinlich nur mit dem Finger zu schnippen – und schon ist er wieder da.«

»Ja, den Eindruck habe ich auch. Aber vielleicht ist es eh besser, wenn du ihn los bist. Gebracht hat er ja nicht wirklich viel.«

»So einfach kann man es wieder auch nicht sehen. An meinen Misserfolgen bin ich schon selbst schuld. Die will ich ihm nicht anhängen. Ich hab schon auch eine Menge von ihm gelernt. Ich werde auch an einer Reihe seiner Methoden festhalten, das weiß ich schon jetzt. Auf die hat er schließlich kein Patent. Was ich viel weniger weiß, ist allerdings, ob ich selbst überhaupt weiter mache. Irgendwie bin ich nach all den Geschehnissen doch ziemlich ausgelaugt – und mir auch gar nicht sicher, ob der Skisport überhaupt noch meine Welt ist …«

Da sah sie nun wieder verdrossen drein, während sie zuvor, in den Passagen über Phil, recht lebendig und aufgeweckt gewirkt hatte, so, als reichte schon die gedankliche Vergegenwärtigung des kleinen großen Meisters, um sie zu energetisieren, in welcher Weise auch immer. Vielleicht genügte dazu ja schon die Nennung seines Zaubernamens. Wir sollten ihn einfach wieder Fritz Anders nennen, dachte ich spontan, um nicht dauernd diese auratische Duftwolke seines Wahlnamens herumzutragen, die sich wie ein aufdringliches Parfüm ins Sprachkostüm einnistet.

Ich nahm vorsichtig ihre Hand in meine und – sagte wieder einmal nichts. Mein Gott, was war ich für ein Feigling – ich war einer, nicht sie oder Phil (doch nicht so leicht los zu werden, der Name). Früher hatte ich solche Hemmungen nicht gekannt, da gab es kein langes Hin und Her, wenn mir ein Mädchen gefiel. Und auch keine langen Absichtserklärungen. Nun führte ich mich wie ein Anfänger auf, wie ein pickeliger Schulbub. Eine lästige innere Stimme zügelte mich, indem sie mir zuflüsterte, dass es nicht der richtige Zeitpunkt sei. Nicht der richtige Zeitpunkt! Was sollte denn das wieder heißen? Ich glaubte nicht an Mondphasen. Wenn nicht jetzt, wann dann? Aber die Stimme ließ nicht locker: Ich nützte nur Leas verzweifelte Situation aus, wenn ich jetzt meinen Gefühlen folgte, wäre ein schamloser Ausbeuter eines zarten Vertrauens, das sich allmählich zwischen uns herausbildete. Schon gut, schon gut, ich gab mich geschlagen. Ich wollte ja kein Arschloch sein. Zumindest nicht jetzt. Auch dafür gab es bessere Zeitpunkte.

Also hielten wir eine Zeit lang stumm Händchen. Dann war sie mutiger, hob den Kopf und sah mir direkt in die Augen: »Schön, dass man mit dir so offen reden kann. Du bist wirklich ein ganz, ganz lieber Freund. Danke.«

Ich weiß nicht, ob ich das hatte hören wollen.

14

Lea fuhr weiter. Und sie wurde dafür belohnt, ganz im Sinne des von ihr gern zitierten, naiv-hoffnungsfrohen Sprüchleins: »Immer wenn man glaubt, es geht nicht mehr, kommt von irgendwo ein Lichtlein her«. Eines entzündete Lea gleich selbst, indem sie im ersten Slalom des neuen Jahres an die zweite Stelle fuhr. Im ersten Lauf noch am siebenten Platz gelegen, drehte sie im zweiten Durchgang voll auf, attackierte in bisher ungewohnter Weise und erzielte Bestzeit, was in Addition der beiden Läufe den zweiten Gesamtrang ergab. Erstmals seit über zwei Jahren war sie somit wieder Teilnehmerin einer Siegeszeremonie. Sie strahlte dabei übers ganze Gesicht. Und erstmals musste Chiles Nationalflagge bei einem Skirennen gehisst werden. Zum Glück hatten die deutschen Veranstalter eine solche vorsorglich bereitgelegt (typisch deutsche Gründlichkeit).

Bei den Interviews vergaß Lea aber auch nicht, an die Absenz ihrer verletzten Kolleginnen zu erinnern – und jene auf diesem Wege herzlichst grüßen zu lassen. Nur wenige Tage später konnte sie dem Lazarett sogar einen Sieg widmen, gewann sie doch einen Riesentorlauf in souveräner Manier. Wiederum schuf sie die Basis ihres Erfolgs im zweiten Durchgang, als sie einen Rückstand von mehr als einer halben Sekunde auf die Zwischenzeitführende in einen Vorsprung von fast einer Sekunde verwandelte. Sie schien in diesem Lauf förmlich zu explodieren, schon vom Start weg, der viel vehementer als sonst mit zwei entschlossenen Doppelstockeinsätzen erfolgte. Sofort war sie in einem erkennbaren Rhythmus, einem so eleganten wie rasanten Hin und Her zwischen den Toren, mit Schultern und Skiern gleichermaßen hart an den Stangen. Diesmal war es mit der chilenischen Fahne alleine nicht getan, nun musste auch noch die entsprechende Hymne gespielt werden, was man etwas salopp ein Tonband erledigen ließ, anscheinend um die lokale Blaskapelle nicht mit ungewohnten Klängen zu überfordern.

Die Mienen meiner Kollegen am Gang wurden wieder freundlicher, diverse Fingerzeige unterblieben. Und genauso reagierten auch die Medien landesweit. Statt weiterer Polemik zog ein Hauch von Respekt in die Berichterstattung ein, ein zögerliches Anerkennen, dass hier ein Mensch Großes geleistet hatte, in schwierigen Zeiten über sich hinausgewachsen war, auch wenn man diesen Erfolg nicht an die eigene Fahne heften konnte. Aber auch in diese Richtung begannen erste vorsichtige Annäherungen. Schon Anfang Jänner, also noch vor Leas Rückkehr zur Siegläuferin, war ihr ein Briefchen des Verbandes zugeflattert, in welchem sie zu einem vertraulichen Gespräch gebeten wurde. Darauf reagierte sie aber nicht. Nun, nach den Erfolgen, trat der Verbandspräsidenten höchstpersönlich an sie heran. Doktor Firn, der einige der beim Busunfall verletzten Mädchen medizinisch betreute, bat Lea zu einem Vieraugengespräch. Der Arzt, ein

Mann weniger, aber offener Worte, redete nicht lange herum, sondern präsentierte Lea umstandslos die Bereitschaft des Verbandes, sie wieder aufzunehmen. Er war auch so fair zuzugeben, dass ihm persönlich dieser Schritt nicht leicht falle, da er selbst damals bekanntlich für ihren Ausschluss plädiert hatte. Aber die Zeiten hätten sich geändert, nach dem tragischen Unfall sähe überhaupt alles anders aus. Das Team sei schlimm dezimiert worden, aller chancenreichen Läuferinnen mit einem Schlag beraubt, und in dieser Situation müssten andere Maßstäbe gelten. »Das soll heißen, dass wir Sie gerne wieder aufnehmen und ersuchen, uns und unser Land in dieser misslichen Lage zu unterstützen. Ich weiß nicht, ob ich Ihnen mit so etwas wie ›patriotischer Pflicht‹ kommen kann, aber Tatsache ist, dass es ein Akt von Heimatverbundenheit wäre, wenn Sie wieder für unser Land starten würden.«

Ich kann mir vorstellen, dass Lea an dieser Stelle ihr missmutig-störrisches Gesicht aufsetzte, das sie nach wie vor bei Bedarf zeigen konnte, aber ich war schließlich nicht dabei, und darüber schwieg sie sich beharrlich aus, als sie mir von dem Gespräch erzählte. Jedenfalls zog die patriotische Karte bei ihr nicht. So leicht war sie nicht einzufangen und umzustimmen. Dafür aber hatte Paul Firn noch ein Atout im Ärmel, eines mit fünf Ringen drauf. Er musste es gar nicht erst zücken, Lea kannte den hohen, spielentscheidenden Wert auch so. Denn natürlich waren die Olympischen Spiele eine mächtige Herausforderung für sie. Da sie für Chile dort nicht an den Start gehen durfte, ergab sich nun plötzlich die unerwartete Möglichkeit einer Teilnahme. Denn auch das war Lea klar: Die Rückkehr wurde ihr von Seiten des Verbandes nicht aus Menschenfreundlichkeit angeboten, sondern es war ein reiner Not-, ja Verzweiflungsakt. Österreich konnte es sich einfach nicht leisten, bei Olympischen Spielen in den technischen Alpinbewerben gar nicht oder nur mit einem Rumpfteam anzutreten. Und Lea war plötzlich die einzige chancenreiche Kandidatin. Der Druck der Ski- und Fremdenverkehrsindustrie auf den Verband war sicher enorm, sonst wäre er niemals von sich aus aktiv geworden, was der Präsident ja indirekt zugegeben hatte. Da steckte seinerseits viel persönliche Überwindung dahinter – etwas, das nun auch von ihrer Seite verlangt wurde. Aber natürlich war sie in der besseren Position, musste nicht sofort und bedingungslos allem zustimmen, andererseits aber auch aufpassen, dass sie nicht zu hochmütig erschien und damit frühzeitig alle Chancen vergab. Denn im Grunde wusste sie, dass sie dieses Angebot nutzen musste. Sie war keine Rebellin aus Prinzip, die jetzt trotzköpfig die Beleidigte spielen und auf ihren offenkundigen persönlichen Vorteil verzichten wollte. Es ging lediglich darum, dass beide Seiten nach außen ihr Gesicht wahren konnten, diese feine chinesische Balance der wechselseitigen Blamagevermeidung, die auch im Skizirkus eine wichtige soziale Rolle spielt. Der Verband musste also generös und verzeihend erscheinen, als Institution mit offenen Armen – und Lea als sträflich unterschätzte, zu leichfertig sanktionierte Läuferin mit berechtigtem Eigensinn. Um diesen Eindruck zu unterstützen, wurde ihr auch von Firn zugesichert, dass sie publicitymäßig besser betreut würde, als das früher der Fall gewesen war. Darauf lege sie gar keinen gesteigerten Wert, entgegnete Lea sogleich abwehrend, in dem Angebot eine versteckte Drohung witternd, wieder an die offizielle PR-Kandare genommen zu werden. Nein, das verlange sie gar nicht, aber dafür eine Verpflichtung von Fridolin Schuster, auf dessen sportliche Betreuung sie unter keinen Umständen verzichten könne.

»Und diesen Herrn ..., äh, Aurara oder so ähnlich, legen Sie auf dessen Engagement auch noch gesteigerten Wert?«, wagte sich Paul Firn auf dieses heikle Terrain, »denn ich fürchte, dass wir über diesen Schatten nach wie vor nicht springen können.«

Lea antwortete nicht sogleich, im sicheren Wissen, dass sich dieses Problem nicht mehr wirklich stellen würde. Aber selbst da kam ihr der Präsident vorauseilend auf halbem Weg entgegen. »Sagen wir vielleicht so: Uns reichte es, wenn dieser Herr nicht offiziell in Erscheinung träte. Von wo Sie privat Ihre Ezzes beziehen, muss uns ja nicht unbedingt interessieren, wenn Sie verstehen, was ich damit meine ...«

Lea verstand nur zu gut, ließ sich aber auf diese Diskussion gar nicht ein. Sie wusste sowieso schon, dass die Entscheidung gefallen war. Trotzdem erbat sie sich Bedenkzeit. Auch damit es nicht so aussah, als habe sie nur auf dieses Entgegenkommen gewartet. Außerdem, so sagte sie, müsse sie sich erst mit ihren Mitarbeitern beraten. Tatsächlich brauchte sie sich mit niemandem lange zu beraten. Für Fridolin war die Anerkennung seines Betreuerstatus' so etwas wie eine öffentliche Rehabilitation, also konnte er schwerlich etwas dagegen haben, auch wenn er manchmal zu einer gewissen Sturschädeligkeit neigte. Phil würde sie sicher nicht kontaktieren, um damit auch von ihrer Seite eine deutliche Emanzipation und Distanz zu signalisieren. Außerdem wäre er wohl kaum für einen solchen Schritt gewesen. Schon alleine bei der Vorstellung, was er dagegen alles ins Treffen führen würde, wurde Lea schwindlig. Blieben nur die Chilenen. Aber immerhin hatte sie dem Land den ersten Skierfolg geschenkt, der ihm nicht mehr weggenommen werden konnte. Und bei Olympia nutzte ihr die chilenischen Lizenz sowieso nichts. Sie stand zwar nur höchst sporadisch mit einem Mittelsmann des chilenischen Sportministeriums in Verbindung, erwartete aber letztlich von dieser Seite – und wie sich bald zeigte, zu Recht – keine großen Einwände. Und von mir schon gar nicht. Denn auch mich rief sie an. Sie fragte zwar nicht ausdrücklich um Rat, erzählte mir aber in derart ausführlicher Weise von dem Gespräch mit Firn, dass ich nicht umhin konnte, die eine oder andere Bemerkung dazu zu machen. Ich gab mich zustimmend und wohlwollend, obwohl mir auch manche Argumente einfielen, die gegen ein solches Comeback sprachen. Zum Beispiel, dass sie nun unter besonderem Erfolgsdruck stand; wehe, wenn sie sich einen neuerlichen Totalausfall leistete. Ein zweites Mal würde ihr die Öffentlichkeit nicht mehr verzeihen. Sie wäre dann mehrfach stigmatisiert: als wankelmütig, unzuverlässig und chronisch erfolglos. Ich wollte sie mit solch düsteren Aussichten aber nicht weiter behelligen, da ich merkte, wie leicht sie zu verunsichern war. Ich gab ihr lediglich zu bedenken, dass sie nicht von allen Seiten mit Applaus rechnen solle. »Das ist mir sowieso klar, dass da nicht alle mitziehen werden. Aber das halte ich schon aus«, gab sie sich betont zuversichtlich.

Wenige Tage später wurde Leas Entscheidung in

einer Pressekonferenz bekannt gegeben. Dabei wurde auch der neue Damencheftrainer vorgestellt, der bisherige Abfahrtscoach, der nun nach Schwaigers Tod die Gesamtleitung übernahm. Die Reaktionen auf Leas Rückkehr waren eher gedämpft. Keine Zeitung brach darüber in Jubel aus. Auch unsere nicht (mich ließen sie ja weiterhin nicht an das Thema heran). Martin Struntz, der schön langsam wie besessen schien, Lea Böses zu unterstellen, vermutete in einem »Factum«-Kommentar, dass viel Geld im Spiel gewesen sei, um die renitente Läuferin zu einer Rückkehr zu bewegen. Ein böses Gerücht, gegen das sie sich nur schwer zur Wehr setzen konnte, auch wenn es der Verband sogleich energisch bestritt. Aber so ein Verdacht ist zählebig, bleibt meist an einem hängen: »Wird schon was dran sein«, ist die übliche Mutmaßung, auch wenn das Gegenteil behauptet wird. Auch in den restlichen medialen Stellungnahmen schimmerten da und dort Vorbehalte durch, sodass Lea von Beginn dieses Neustarts an gewarnt war, was die gereizte Stimmungs- und Erwartungslage betraf.

Und die Generalprobe verpatzte sie prompt. Sie schied in den beiden letzten Rennen vor den Olympischen Spielen aus, einmal immerhin mit bester Zwischenzeit im ersten Lauf. Trotzdem war sie sowohl im Slalom als auch im Riesentorlauf Fixstarterin bei den Winterspielen, die nur eine Woche später in Frankreich begannen.

Ich wollte unbedingt vor Ort mit dabei sein. Zu Hause hätte ich die Spannung kaum ertragen. Außerdem fühlte ich mich als eine Art Schutzpatron für Lea. Denn ich ahnte Böses auf sie zukommen und wollte sie dem nicht alleine ausgeliefert wissen. Auch da meldete sich eine innere Stimme. Ich kam mir schon vor wie ein Geisterhaus, in dem ein ganzer Chor antagonistischer Stimmen spukte. War nur die Frage, ob ich den Aufenthalt ausschließlich privat würde finanzieren müssen oder ob es eine Möglichkeit gab, mich in das Olympia-Kontingent unserer Zeitung einzuschleusen. Der Sportchef war alles andere als begeistert, als ich ihn danach fragte. »Glaub ich kaum, dass das geht. Von mir aus gerne, aber unseren Herren von der Geschäftsführung brauche ich damit nicht zu kommen. Die wollen dich weiter unter Verschluss halten.«

Mir erschien das als bequeme Ausrede. Ich hatte längst den Verdacht, dass mich das Sportressort selbst nicht mehr haben wollte. Da wurde man nicht so leicht repatriiert wie im Skiverband. Die Verbannung sollte auch deswegen aufrecht bleiben, weil mein Nachfolger, ein Günstling der Geschäfsführung, sich auf meiner Stelle breit gemacht hatte. Wohin mit dem, wenn ich wieder zurückkehrte? Vor diesem Problem fürchtete sich der Sportchef in Wahrheit am meisten, also sagte er mir lieber gleich ab, um sich weitere Schwierigkeiten zu ersparen.

Ich ärgerte mich darüber nicht lange, sondern nahm einfach kurzfristig Urlaub und fuhr auf eigene Kosten zu den Spielen. Alleine übrigens, denn Esther, die sowieso desinteressiert gewesen wäre, war gar nicht mehr aus Basel zurückgekehrt. Sie hatte sich dort was mit dem Leiter des lokalen Kunsthauses angefangen. Das sagte sie mir am Telefon ganz offen und lapidar. Und ich war weder überrascht noch gekränkt, sondern eher erleichtert, auch wenn ich das nicht zugegeben hätte. Ich gab mich wortkarg bis zerknirscht, ohne dabei aber besonders überzeugend zu wirken. Wir einigten uns schließlich darauf, nach unserer jeweiligen Rückkehr über alles zu reden – und wussten beide schon jetzt, dass es dazu wohl kaum wirklich kommen würde.

Meine Schweizer Verbindungen waren weniger amourös, dafür besorgte mir ein Züricher Sportmagazin, für das ich manchmal Berichte schrieb, eine olympische Akkreditierung, sodass ich Zutritt zu den einzelnen Wettkampfstätten hatte, wo mich manche Kollegen, heillos überrascht von meinem unerwarteten Auftauchen, wie einen Außerirdischen betrachteten. Und dann ging es auch schon los. Die alpinen Damenbewerbe starteten mit den Speeddisziplinen Abfahrt und Super G, in denen die Österreicherinnen allesamt versagten. Ich wusste nicht recht, ob das für Lea gut oder schlecht war. Ihr war es egal. Sie, die in dem biederen Trachtenlook der österreichischen Delegation wie alle anderen Sportlerinnen auch einiges an Attraktivität verlor, sich aber wenigstens über meine Gegenwart demonstrativ herzlich freute (was sie sogleich wieder attraktiver machte), nutzte die paar Tage bis zu ihrem Ersteinsatz zusammen mit Fridolin für ein Spezialtraining. Am fünften Tag wurde es dann auch für sie ernst. Ich hatte schon am Morgen eine Ration Fingernägel zerkaut, derart nervös war ich vor diesem Riesentorlauf. Hohe Temperaturen und leichter Regen sorgten für nahezu irreguläre Bedingungen, trotzdem wurde das Rennen durchgepeitscht. Lea, die weiche Pistenverhältnisse nicht mag, versank im ersten Lauf in dem sulzigen Schnee und kam nur auf den enttäuschenden neunten Rang. Im zweiten Durchgang wurde es etwas kälter, was Lea deutlich mehr behagte. Sie sorgte mit ihrem Lauf sogleich einmal für überlegene Bestzeit. Allerdings standen noch acht Läuferinnen, die vor ihr gelegen waren, am Start. Doch die nächsten vier blieben allesamt hinter ihrer Gesamtzeit zurück, sodass plötzlich eine Medaille in Griffweite schien. Nur zwei Gegnerinnen musste sie noch überholen, dann würde es Bronze werden. Ich mache es kurz: Es ging sich nicht aus. Es wurde der undankbare vierte Platz, die so genannte »lederne« Medaille. Ganze vier Hundertstelsekunden fehlten letztlich auf den dritten Platz. Das war zwar im ersten Moment ärgerlich – und Lea zeigte ein dementsprechendes Gesicht im Zielraum –, aber im Grunde eine höchst solide Leistung. Ich war jedenfalls sehr zufrieden. Und die meisten anderen Journalisten auch. Alleine mit dieser Platzierung hatte sie ihre Nominierung bereits gerechtfertigt. Und ein Bewerb stand ja noch aus: der Slalom, der drei Tage später stattfand. Wiederum waren die äußeren Bedingungen nicht optimal: diesmal war es ein kräftiger Wind, der zeitweilig sogar die Torstangen schwanken ließ. Lea hatte sich für Nummer drei im ersten Durchgang entschieden. Als sie im Starthaus stand, blies ihr eine heftige Böe ins Gesicht, sodass ihre blonden Haare, die links und rechts aus dem Helm ragten, fast waagrecht wegflatterten. Trotzdem wirkte sie ruhig und entschlossen. Keine übermäßige Regung war ihrem Gesicht zu entnehmen, keine nervösen Ticks oder Grimassen wie bei anderen Läuferinnen, die oft an böse Nervenkrankheiten denken lassen. Ich stand mit ähnlichen Erscheinungen im Zielraum, in einen dicken Anorak gehüllt, der sich gefährlich aufblähte, sodass ich wie das berühmte Michelin-Männchen aussah und Acht geben musste, um nicht wie ein Ballon aufzusteigen. Gebannt sah ich auf die große Videowand, von wo Leas Antlitz bzw. das, was davon hinter Skibrillen und Mundschutzgitter noch zu sehen war, übermenschlich groß auf uns herniederblickte. 3, 2, 1 – und schon katapultierte sie sich aus der Startbox, stürzte sich wie ein Drachenflieger vom Berge. Bei diesen Verhältnissen war ihr schmächtiger Körper natürlich von Vorteil, da er dem Wind keine großen Angriffsflächen bot. Sie entwischte ihm mit kurzen, wendigen Schwüngen, carvte millimetergenau rund um die Kippstangen, die sie mit den Fäusten vor ihrem Gesicht wegboxte. Knapp vor der Zwischenzeit schien sie einmal kurz aus dem Rhythmus, war aber sogleich wieder in einem gleichmäßigen Fluss, den sie bis ins Ziel beibehielt. 54,13 stand auf der großen Anzeigetafel – eine Zeit, die im ersten Lauf nur mehr von zwei Skandinavierinnen unterboten wurde: einer Schwedin und einer Finnin, die sich in dieser Saison als erste Vertreterin ihres Landes nahezu unbemerkt an die Weltspitze herangeschlichen hatte. Damit hatte Lea für eine glänzende Ausgangsposition gesorgt. Wiederum war sie auf Medaillenkurs. Sie verschwand nach ihrem Lauf sofort in einem kleinen Zelt, das sich tapfer gegen den Wind stemmte, um sich in diesem abgeschlossenen Raum in aller Ruhe auf die Entscheidung in knapp zwei Stunden vorzubereiten. Ich vermutete, dass sie dort eine von Phils Konzentrations- und Atemübungen praktizierte. Auf Grund des gestürzten Klassements in der Startreihenfolge des zweiten Durchgangs kam sie erst als Drittletzte dran. Von den restlichen drei Österreicherinnen, jungen Nachwuchsläuferinnen ohne jegliche Routine, die nur ins Rennen geschickt worden waren, damit das volle Startkontingent ausgeschöpft wurde, war nur mehr eine im Bewerb, die nun den zweiten Durchgang eröffnete und mit einer ganz passablen Fahrt letztlich den 11. Gesamtrang erreichte. Da in allen bisherigen alpinen Damenbewerben kein einziges Edelmetall für unser Land abgefallen war, lag die allerletzte Hoffnung auf Lea. Das Rennen wurde unterbrochen. Nach sieben Läuferinnen setzte zu dem Wind, der leicht abgeflaut war, zusätzlich heftiger Schneefall ein, der die Sicht der Läuferinnen auf nahezu null reduzierte. Also gab es einen Unterbruch, wie das neuerdings etwas martialisch heißt. Fast eine halbe Stunde dauerte es, bis diese missgünstige Wetterlaune vorbei war und das Rennen fortgesetzt werden konnte. Acht Mädchen standen noch oben. Und eine nach der anderen übertraf die Zeit ihrer Vorläuferin, sodass ständig neue Bestzeiten im Ziel aufschienen. Und jede Läuferin zitterte nachher, ob ihre nun länger halten würde, eventuell sogar bis zum Schluss. Auch ich zitterte, konnte vor lauter Aufregung gar nicht länger hinschauen, als Lea im Starthaus ins Bild rückte. Ich verkroch mich tief in meine Daunenjacke, die mir Schutz bot vor dieser schicksalshaften Welt der Zu- und Ausfälle. Aber vor der Stimme des Platzsprechers konnte ich nicht flüchten. Er schrie zwar auf Französisch, aber so weit war ich der Sprache mächtig, dass ich mitbekam, dass Lea bei der Zwischenzeit deutlich voranlag. So wagte ich allmählich doch einen Blick aus meiner Umhüllung und sah sie gerade noch auf ihren letzten Metern, die sie mit kräftigen Schlittschuhschritten Richtung Ziel absolvierte. Einszweiundvierzig, einsdreiundvierzig – derart countdownmäßig strapazieren Reporter immer unsere Nerven … nun auch meine: einsvierundvierzig … 1:44,23 – Bestzeit!!!

Lea riss beide Arme triumphierend in die Höhe, als sie zur Anzeigetafel blickte. Und auch ich sprengte förmlich die Nähte meines Daunenigius, als ich ruckartig meine geballten Fäustlinge emporreckte. Sie hatte es geschafft. Eine Medaille war ihr damit sicher. Aber welche sollte es werden? Der Krimi war noch nicht zu Ende, zwei Kombattantinnen standen in diesem Fernduell noch zum Kampfe an. Die erste, die Schwedin, vergab ihre Chancen schon nach wenigen Metern mit einem schweren Fehler, der ihr allen Vorsprung aus dem ersten Lauf raubte. Sie holte bis ins Ziel zwar noch beängstigend viel auf, blieb aber doch ein Zehntel hinter Lea. Damit war es schon Silber! Und nun die Finnin. Reichte diesem Seenland nicht schon die überproportionale Dichte an Formel-1-Weltmeistern? Hatten sie nicht genug milchgesichtige Wunderkinder beim Skispringen? Mussten sie nun ausgerechnet im alpinen Skilauf auch noch großkotzig mitmischen?! Ich konnte meine akuten antifinnischen Ressentiments kaum zügeln, derart inbrünstig hoffte ich auf das Eingreifen irgendeines nordischen Rachegottes, der nicht zuließ, was nicht zugelassen werden durfte: dass eine Finnin vor einer Österreicherin im Olympiaslalom lag. Aber meine Hoffnungen schienen vergeblich: die unbedarfte, sommersprossige Maid aus Nirvaskäämi, oder wie der Unort hieß, fuhr völlig unberührt von jeglicher Hektik zu einer klaren Zwischenbestzeit. Nun waren es nur mehr zwanzig Tore bis ins Ziel. Was sollte da noch viel passieren? Meine Hände verkrampften sich in den tiefen Taschen des Anoraks, rupften ungeduldig Federn aus den undichten Ritzen. Doch was war das? Wie von Geisterhand gesteuert löste sich plötzlich ein Ski von dem Fuß des

Finnenmädels, segelte in sturem Eigensinn einfach auf und davon. Eine kurze Schrecksekunde fuhr sie noch weiter (so wie Hühner ohne Kopf ein paar Meter noch weiterlaufen), balancierte dann geschickt auf einem Ski, um schließlich mit einer heftigen Drehung um die eigene Achse in einer Schneewolke zu versinken. Es passierte sauschnell, wirkte aber trotzdem wie in Zeitlupe, gar nicht unelegant. Entlang der Piste ertönten spitze Aufschreie, als die Läuferin derart versagte, während im Ziel ein Jubelschrei detonierte, der zu meiner größten Überaschung meiner eigenen Brust entfuhr. Ich fühlte mich von einer größeren Kraft gepackt, die mich über eine Absperrung mühelos hinweghob, einen Sicherheitsordner, der nach mir langte, wegschubste und die mich rasant auf Lea zutrieb, die mit ihren erhobenen Kurzskiern in Händen eine in Triumph gegossene Siegesstatue inmitten des Zielgeländes bildete. Ich stürmte auf sie zu, umarmte sie, hob sie hoch – und fiel mit ihr gemeinsam zu Boden, wo wir uns wie Ringer ineinander verkeilt wälzten. Heute ist mir diese Szene ein wenig peinlich, wenn ich sie mir auf Video ansehe (und auch Esther erwähnte sie später heimtückisch bei den Scheidungsverhandlungen, als sie sich künstlich entrüstete, dass »er damals vor Millionen Zusehern in aller Welt der Nebenbuhlerin in die Arme fiel«).

Lea hatte Gold gewonnen! Es war nicht zu fassen. Wir tanzten, nachdem wir uns wieder erhoben hatten, noch minutenlang im Ziel umher, eine Art Ringelreihen; ein Gehopse, in das sich auch Fridolin, einige Läuferinnen und sogar Funktionäre einklinkten, alle angesteckt und bewegt von unserer hemmungslosen Begeisterung. Es freuten sich zwar nicht alle derart uneingeschränkt über diesen sensationellen Erfolg – und vor allem, dass er gerade dieser Läuferin geglückt war. Aber es blieb bei der unverrückbaren Tatsache, dass ausgerechnet die kurzzeitig Verbannte die einzige olympische Ruhmestat für das Heimatland vollbracht hatte. Eine kleine Unkorrektheit konnte sich Lea daher auch nicht verkneifen, als sie bei der sogleich im Ziel vorgenommenen ersten Siegerehrung, der Blumenzeremonie, zu der österreichischen Fahne zusätzlich noch eine kleine chilenische Flagge schwenkte, als symbolische Reverenz an ihr Gastland, ohne dessen Entgegenkommen dieser Erfolg nicht möglich gewesen wäre. Sie vergaß dies auch in manchen Interviews nicht zu erwähnen, auch wenn das einzelnen Funktionären und Journalisten gar nicht behagte. Lea konnte es egal sein, sie brauchte nun keinerlei Rücksicht auf irgendwen oder irgendwelche Usancen nehmen, war durch diesen Sieg gegen Anfeindungen aller Art imprägniert. Dafür öffnete sich eine andere Seite an ihr. So ausgelassen wie an diesen Tagen hatte ich sie noch nie erlebt. Und mich selbst auch nicht. Ich war wie in Trance, schwebte auf Wolke sieben. Und ich rückte nicht mehr von Leas Seite – und sie nicht von meiner. Die Medaille hatte uns so etwas wie ein goldenes Tor zur ersehnten Gemeinsamkeit aufgestoßen. Wir waren am Olymp. Von mir fielen die jahrelangen Selbstbeschränkungen ab wie Ballast, als Lea meine Gefühle auf so natürliche wie herzliche Art erwiderte. »Warum nicht gleich alles an einem Tag?«, fragte sie ihr Schicksal in entwaffnender Offenheit, als wir uns am Abend nach der großen Siegerehrung (die mit viel Tränen bei ihr und auch mir abgegangen war) in die noch feuchten Augen blickten, um zu wissen, woran wir waren: »Verdient haben wir es uns beide. Nach allem.« Nun fühlte ich mich endgültig so leicht, als wäre ich tatsächlich mit meinem geblähten Jäckchen aufgestiegen. Und in gewisser Weise war ich es ja auch.

Aber es war natürlich schon paradox, dass wir ausgerechnet jetzt, wo wir endlich zusammengefunden hatten, nicht mehr alleine sein durften, keine Minute, zumindest nicht während der Olympischen Spiele, die wir bis zum Ende gemeinsam verfolgten. Ständig waren wir von einem Begleittross umgeben, von Betreuern, Medienmenschen und allerlei dubiosen Figuren, die vom Erfolg angezogen wurden. Sie umschwirrten uns Tag und Nacht, wobei wir zweitere sowieso nicht gemeinsam verbringen konnten, da Lea im Sportlerquartier verblieb und ich im Hotel. Das war auch deswegen klüger, weil uns schon die ersten Paparazzi auflauerten, denen wir keine allzu günstigen Gelegenheiten für delikate Schnappschüsse bieten wollten. Uns händchenhaltend da und dort abzuknipsen, das sollte vorläufig genügen. Martin Struntz würde schon noch ein paar nette Zeilen zu solchen Bildchen beisteuern, da waren wir uns sicher. Und auch den Kollegen, die sich an dem nun endlich wahr gewordenen Gerücht delektieren konnten, vergönnte ich diese kleinmütige Freude. Sollten sie ruhig ihren Spaß haben, der sowieso keiner war. Ihre schlüpfrigen Vermutungen waren schließlich nur so lange unangenehm gewesen, als ich keine Möglichkeiten hatte, sie tatkräftig zu bestätigen. Das konnte ich nun – und tat es ausgiebig, wenn einer von ihnen in der Nähe war, indem ich Lea dann besonders fest an mich drückte. Eine etwas übertriebene Geste, ich weiß, eine unangebrachte Kinderei, aber es musste einfach sein.

Die größte Überraschung war freilich, dass sich Phil bei Lea meldete. Er rief sie an und gratulierte ihr zum Sieg, der für ihn, wie er natürlich sofort anmerken musste, gar nicht überraschend kam. Er habe ihr doch prophezeit, dass sie stärker sei, als sie selbst glaube – und das habe sie nun bewiesen. »Allerdings«, und da senkte er bedeutungsvoll die Stimme, wie ich mithören durfte, »solltest du wissen, dass diese Stärke auch verpflichtet – nämlich dazu, sie für die wirklich wichtigen Dinge des Lebens einzusetzen. Dieser Sieg ist nur ein kleiner Erfolg, wenn du nicht verstehst, mehr daraus zu machen. Die großen Herausforderungen kommen erst auf dich zu. Und damit meine ich nicht den Sport. Dort hast du deine Aufgabe erfüllt, hast erreicht, was zu erreichen war. Nun gilt es, im Leben einen Schritt weiter zu gehen, klar zu erkennen, was Priorität hat. Der größte Sieg, das wusste schon Laotse, ist jener, den man über sich selbst erringt ...«

Lea sah mit hoch gezogenen Augenbrauen fragend zu mir. Ich hatte mein Ohr mit an den Hörer gelegt und konnte, als ich Phils didaktische Worte vernahm, auch nur mit den Schultern zucken, so wenig sagten sie mir in diesem Moment. Aber eines Tages sollten wir uns an sie erinnern.

15

Die Siesta ist mir heilig. In diesen beiden Stunden darf mich niemand stören. Es steht auch groß und deutlich auf dem Schild neben der Tür: »Büro zwischen 13 und 15 Uhr geschlossen«. Aber es nützt nichts: kaum sieht mich jemand in das kleine Gebäude huschen, glaubt er schon, ich stehe zur Verfügung. Es sind fast immer nur Kleinigkeiten, keineswegs dringlich oder unaufschiebbar; sie könnten zu anderen Zeiten genauso erledigt werden. Aber nein, Kunden halten sich ernsthaft für Könige. Erst recht hier auf Lyra, wo es vor allem Königinnen gibt, einen ganzen Hofstaat. Kaum will ich mich zur mittäglichen Ruhe betten, recken sie ihre ungekrönten Häupter bei der Tür herein und schnattern los: »Findet der Kurs heute eine Stunde früher statt?«; »Wir haben keine Malblöcke mehr«; »Darf ich mich noch einmal ummelden?«; »Lea sagt, sie braucht mehr Matratzen!« Meist erhebe ich mich majestätisch langsam, blicke sie mit einem schläfrigen Auge an – und gebe ihnen die gewünschte Auskunft, da das viel einfacher ist, als wenn ich sie umständlich auf später vertröste. Und dann schnell die Türe zu und den Riegel vor.

Heute hatte ich die Türe geschlossen, gegen die nun heftig gepocht wurde. Aber heute war es zu heiß für Freundlichkeiten. Und ich war heiß. Also riss ich die

Tür auf, um hier endlich die Diktatur des Proletariats auszurufen. Aber es war gar keine der »Lyrikerinnen«, die was von mir wollte, sondern Susanne, die Sekretärin des »Club Creativ«.

»Entschuldige, aber es ist dringend. Heinz hat mich gerade aus Wien angerufen. Dich hat er nicht erreicht. Der Läufer kommt schon heute, nicht erst morgen. Es muss ihn jemand vom Flughafen abholen.«

»Aha. Hast du es Lea schon gesagt? Wo ist sie überhaupt?«

»Die macht doch heute die Exkursion mit den Mountainbikern.«

»Ach ja, das habe ich komplett vergessen. Wann kommt der Typ an?«

»Um 17 Uhr.«

»Und kann der nicht her laufen, wenn er so ein Paradejogger ist?«

»5 Kilometer in dieser Hitze, mit allem Gepäck? Ich weiß nicht …«

»Also gut, dann hole ich ihn eben ab. Ein kleines Nickerchen geht sich ja trotzdem noch aus.«

Ich schlurfte in mein Büro zurück, wo geschlossene Fensterläden für erträgliche Temperaturen sorgten, und legte mich wieder auf die schmale Liege, eine provisorische Bettstatt, die ich neben dem Arbeitstisch errichtet hatte.

Seit zwei Monaten waren Lea und ich nun hier, auf der Insel Lyra, als sportliche und bürokratische Leiter des »Club Creativ«. Ein knappes halbes Jahr war erst seit den Olympischen Spielen vergangen, aber in dieser Zeit hatte sich viel verändert. Kaum aus Frankreich zurückgekehrt, wo wir ganz dem Rausch des Erfolges und unserer Liebe hingegeben waren, ohne viele Gedanken an eine Zukunft zu verschwenden, wurden wir schnell von einer fordernden Gegenwart eingeholt. Die Weltcup-Saison war noch nicht zu Ende und Lea musste noch einige Rennen bestreiten. Als regierende Olympiasiegerin war sie nun in der Rolle der Gejagten. Und sie erlegte sich gleich selbst, indem sie im zweiten Rennen stürzte und sich einen Bändereinriss im Knöchel zuzog. Keine schlimme Verletzung, aber unangenehm genug, und die Saison war damit auch zu Ende. Sie erhielt von Paul Firn eine Ruhepause von mehreren Wochen verordnet.

Wohin mit ihr in dieser Zeit? Zu mir konnte sie nicht ziehen, da mich Esther eiskalt aus der gemeinsamen Wohnung, die dummerweise auf ihren Namen lief, hinausgeworfen hatte. Ich durfte – das kam bei der Scheidung als Kompromiss heraus – einen Großteil der in der Ehe angeschafften Möbel behalten (aber wohin damit?) und sie natürlich alle Kunstgegenstände. Ich zog vorübergehend in ein Hotel. Da war für Lea aber auch nicht viel Platz, außerdem hatte sie das Leben in Hotels satt. Ihre kleine Wohnung in Kärnten war wiederum den gesamten Winter schon verwaist, außerdem brauchte Lea jetzt Betreuung. Also zog sie zu ihrer Mutter, wohin wieder ich nur selten kam, da die Frau mit mir als Liebhaber ihrer Tochter überhaupt nicht glücklich war – und dies auch in bemerkenswerter Offenheit zeigte. Und aus meinem Wiener Online-Kerker hatte ich zuletzt auch nur mehr selten längeren Ausgang. Wir sahen uns also diese ersten Wochen nicht oft, obwohl die Sehnsucht groß war. Damit das nicht so weiter ging, fassten wir eines Tages zwei schnelle, aber weit reichende Entschlüsse: Wir hörten beide auf. Sie mit dem Skifahren. Ich mit dem Journalismus. Und zur allgemeinen Überraschung taten wir das wirklich.

Lea beendete noch vor Ende der Saison ihre sportliche Karriere. Nach diesem anstrengenden Winter mit all den Turbulenzen fehlte ihr einfach die Motivation, sich neuerlich zu überwinden und einen ganzen Sommer lang im Training zu quälen. Wozu das alles? Sie war Olympiasiegerin – mehr, als sie je erhofft hatte. Das war nicht mehr zu überbieten. Also einfach Schluss.

Ich hingegen hatte gar nichts erreicht – auch ein triftiger Grund zum Aufhören. Meine Karrierechancen standen schlecht. Aus dem Onlineressort gab es kein Entkommen, zumindest nicht bei dieser Zeitung. Und die Konkurrenzblätter rissen sich auch nicht um meine Mitarbeit. Sie schrieben lieber über mich, als dass sie mich schreiben ließen. Lediglich bei dem Schweizer Sportmagazin hätte ich unterkommen können, aber nach Zürich wollte ich nicht übersiedeln. Außerdem hatte ich vom Journalismus genug. Fünfzehn Jahre reichten. Zeit, was Neues anzufangen. Aber was?

Im Gegensatz zu Lea, die ihre Goldmedaille mit einigen lukrativen Werbeaufträgen in bare Münze umsetzen konnte, war meine finanzielle Lage trist. In jüngeren Jahren hatte mich derlei kaum je beunruhigt, aber nun spürte ich existenzielle Ängste aufsteigen. Aber auch bei mir schien sich der vertrauensselig-fatalistische Spruch, wonach mit dem Bedrohlichen zugleich das Rettende wächst, zu bewahrheiten. Der Engel kam in Gestalt von Heinz Vasek – selten genug, dass Anwälte als himmlische Boten fungieren. Er rief mich an (allerdings nicht mit Engelsstimme, sondern mit rauchiger Kehle) und fragte, ob ich wen wüsste, der seinen »Club Creativ« in Griechenland übernehmen könnte. Er bleibe zwar Besitzer, aber er brauche jemanden Tüchtigen, der sich um die Geschäfte und Programme vor Ort kümmere. Ich wusste sofort jemanden. Er war nicht wenig überrascht von dieser Idee, aber auch hörbar angetan. Als ich ihm nicht nur meine Dienste, sondern auch gleich jene einer Olympiasiegerin im Doppelpack anbot, war seine Begeisterung kaum mehr zu bremsen. Uns ging es ähnlich, denn damit waren mit einem Schlag mehrere Probleme beseitigt. Wir wussten nun, wo wir ab Mai wohnen würden – in einem netten Pavillon auf der Insel Lyra; und wo Geld herkam – die Tätigkeit war mit einer Anstellung verbunden. Und wir hatten eine gemeinsame Aufgabe. Lea stürzte sich sofort in die Programmplanung, wobei sie die sportlichen Teile übernahm, ich die organisatorischen. Vasek ließ uns freie Hand, wobei ein Großteil des Kursprogramms für dieses Jahr schon beschlossene Sache war. Wir konnten kurzfristig nur noch einzelne Ergänzungen anbieten. So übernahm Lea selbst einige der Sportkurse, die sich nun besonderer Beliebtheit erfreuten, denn wann und wo hatte man schon die Gelegenheit, mit einer frisch gebackenen Olympiasiegerin zu turnen, zu laufen, Rad zu fahren? Lea absolvierte ein derart umfangreiches Pensum, dass ich sie tagsüber kaum zu Gesicht bekam. Aber hier hatten wir wenigstens die Nächte für uns. Paparazzis gab es keine (dafür – ähnlich lästig – Moskitos). Ich hatte kurz spaßeshalber erwogen, Phil zu einem Kurs einzuladen, allerdings nur sehr kurz, nachdem ich die erschrockenen Gesichter von Lea und Heinz gesehen hatte. »Der kommt mir nicht mehr auf die Insel«, sprach der Anwalt ein entschiedenes Urteil. Auch Lea hielt es für eine Schnapsidee. Musste ich meinen Whisky halt alleine trinken (was ich die letzten Wochen wieder ausgiebiger tat).

Dafür war der Läufer eine von Leas Ideen, jener Läufer, der heute ankam. Ich musste mich beeilen, um ihn rechtzeitig am Flughafen zu erwischen. Lea hatte mir per Handy noch mitgeteilt, dass ich ihn mit seiner langen blonden Mähne kaum verfehlen könne. Er wartete schon in der muffigen, von der Sonne unangenehm aufgeheizten Ankunftshalle. Eine stattliche Erscheinung, wie ich mit einem Blick feststellte: jung, groß, schlank, braun gebrannt, schulterlange blonde Haare. Da war er, der nordische Gott, wenn auch hoffentlich nicht der Rache. Er kam aus Dänemark. Lea war durch ein Buch auf ihn aufmerksam geworden. Er propagierte darin eine neue Art des Laufens, die im Grunde eine ganz alte war: nämlich zu laufen wie die Kinder. Keine spezielle Technik, kein Dogmatismus, keine Anstrengung war sein Dogma, sondern einfach dem individuellen inneren Bewegungsmuster folgen. Was so simpel klingt, ist freilich mühsam: wir alle haben diese Art des natürlichen Bewegens verlernt, haben kein Gespür mehr dafür, was leicht und lustvoll geht bzw. läuft. Viel lieber lassen wir uns eine genormte Haltung aufzwingen, eine kollektive, einheitliche Bewegung, die dann alle krampfhaft praktizieren, womit die eigenen Instinkte gänzlich verschüttet werden. So entstehen Gelenkschäden, Kreislaufprobleme und sonstige Laufsyndrome. Das und noch mehr stand in dem Buch und Lars, so hieß der Bursche, erzählte es mir auch in Kurzfassung auf der Fahrt vom Flughafen zum Club in einem seltsam hüpfenden Englisch (als liefe auch seine Zunge höchst individuell). Lea hatte ihn für vier Wochen engagiert, da sie meinte, dass das hier ein besonders geeigneter Platz für diese Art des instinktiven Laufens (wie er die Methode nannte) sei. Anmeldungen für diesen Kurs gab es jedenfalls genug. Was mich gar nicht wunderte, denn Erwachsene sind gerne wie Kinder, wenn man es ihnen erlaubt (und sie dafür bezahlen dürfen). Sie würden auch gerne essen wie Kinder. Und reden. Und denken. Instinktiv halt.

Ich erwachte am nächsten Morgen ungewohnt früh, als ich das Bett neben mir leer fand. Es musste kurz nach Sonnenaufgang sein, denn das Licht tastete sich erst vorsichtig in unser Zimmer herein. Beim Aufstehen verhedderte ich mich in dem blöden Moskitonetz, das sowieso löchrig sein musste, weil ich in der Nacht mehrmals den sirrenden Anflug eines Geschwaders gehört hatte (und mir instinktiv aufs Ohr schlug). Als ich ins noch kühle Freie trat, sah ich Lea vor dem Haus am Abhang zum Meer sitzen. Unten am Strand lief Lars. Bis auf eine kurze Hose war er so, wie Gott ihn geschaffen hatte – und der hatte eine gute Stunde gehabt. Lars lief mehr wie eine Gazelle als wie ein Kind. Er sprang in großen Bögen federleicht über den Sand hinweg, ja, er schwebte geradezu über dem Boden. Lea, die mich gar nicht bemerkte, sah mit einem verklärten Gesichtsausdruck auf das Naturschauspiel hinunter.

Ich legte mich wieder nieder.

www.deuticke.at

Gestaltung, Produktion: typic®/wolf
Umschlaggestaltung: Studio Hollinger
Umschlagfoto: Buenos Dias
Druck: Wiener Verlag, Himberg
Printed in Austria
ISBN 3-216-30675-5

KAPSREITER

Mit freundlicher Unterstützung der Brauerei Kapsreiter.